「わたしは甘えているのでしょうか?」(27歳・OL)

村　上　龍

幻冬舎文庫

「わたしは甘えているのでしょうか?」(27歳・OL)

はじめに

この世の中はどこまでもお金持ちに有利になっているのでしょうか？　と誰かに聞かれたら、あなたはどう答えるだろうか。そんな質問は、わたしが子どものころは表だっては存在しなかった。貧富の差は昔からあったが、高度成長のころは日本全体が急激に豊かになっていったので、一億総中流という言葉に象徴される「一体感」によって、不安や不満や羨望《せんぼう》や嫉妬や怨嗟《えんさ》の声は目立たなかった。現代は違う。無視できない数の人びとが、経済的格差による生きにくさを感じている。

日本社会が成熟したことによって経済的格差が発見され、唐突に姿を現したのだ。しかも、経済力以外にどういう価値観があるのか、経済的に恵まれない人はどう生きればいいのかを社会は示そうとしていない。マスコミに登場する識者がおもに語るのは政治・外交・経済などいわゆる天下国家についてで、多くの個人が抱える「バカバカしくも切実な悩み」は無視されているように見える。天下国家を語るのは重要だが、天下国家を下支えしているのは無名の「個人」であり、その多くが毎月の生活費や職場での人間関係や就職・転職などでトラブルや悩みを抱えているのである。

　この本は、そういった「バカバカしくも切実な悩み」の相談と回答を集めたものだ。回答を示すのは簡単ではなかった。自分の情報と知識と想像力を総動員して答えなければならなかった。できるだけ優しく対応したつもりだが、現実と反することを言って慰めたり、不毛な精神論でごまかして叱咤激励したり、非合理な楽観論で甘やかしたりするのは徹底して避けた。悩みやトラブルへの対処は、まず現実を直視することから始まる。そこにはさまざまな不公平や矛盾があるが、とりあえず最初の一歩を踏み出すためには、もっとも深いところで自分自身を肯定することが必要だ。そういった過程では、「元気に頑張る」よりも「とりあえず生き抜く」という価値観がより重要になるのではないかと思う。

村上龍

目次

村上龍さんが人を採用するときはどんな基準で選びますか？

転職を考えているのですが、一般に、会社がどういう基準で採用・不採用を決めているのかがよくわかりません。（26歳・一般職）

僕の場合は仕事の内容によります。たとえばキューバのバンドを呼ぶというプロジェクトだったら、スペイン語が喋れる人を採用します。映画制作で俳優を選ぶときは、まず演技力です。ものすごく変わった人格だけど、ものすごく演技が上手な俳優って、実際にたくさんいるんですよ。どんな変な人でも、「この人にしかできない」という能力があれば、絶対的にその人を選ぶことになります。

ただ、キューバイベントとか映画制作とか、そういうのは特殊なケースでしょうね。一般的には、たとえば編集者だったら、バカは困るので使いませんが、一緒にいて不愉快にならないというのが条件ですね。できれば一緒にいて楽しい人のほうがいいですが、それはジョークがうまいとかお笑い系という意味じゃないです。一緒にいて疲れない人ですね。甘えがない、というのも重要です。

採用の基準がわからない、という気持ちはわかります。

僕も興味があって、知り合いの会社の社長とか、採用に関して決定権のある人に話を聞いたことがあります。みんな、人間力だとか、いろいろ曖昧《あいまい》なことを言うんですが、よく聞いてみると、愛情を持って育てられたかどうかだ、みたいな話になることが多かった。とくにサービス業は、必ず顧客と接します。他人と接する際に、それまでの人間関係がカゲを落とすということです。たとえば親からの虐待は、コミュニケーション能力にマイナスに影響します。

不幸な子ども時代を送った人は不利、ということですが、そういう基準が実際にあるわけではありません。虐待を受けて育った人は採用しない、というのは差別だし、不幸な子ども時代を送っても卓越したコミュニケーション能力をつちかった人は大勢います。サービス業にはコミュニケーション能力が必要、かわいがられて育った人は一般的にその基本ができていることが多い、ということです。だから就職や転職を目指す人は、最低限コミュニケーション能力を高める必要はあるでしょう。

いま就職・転職を考えている人は採用基準が曖昧で大変かもしれないけど、フェアでわかりやすい採用基準を企業の側でも考えて、試行錯誤しているみたいです。

「この人にしかできない」という能力があれば絶対その人を選びます

フリーターや派遣社員は「時間の切り売りだ」と親がダメ出しします……

安定しないからダメ、と。でも正社員もやってることは同じ。なぜうちの親がフリーターや派遣を軽視するのかよくわかりません。（27歳・派遣社員）

最近、メディアや政治家がこういった雇用問題をよく取り上げます。ただしニートとフリーターを一緒にしてしまうことが多いですが。現状、フリーターのアルバイトより正社員のほうが有利だ、という話は、僕は事あるごとにしてきました。ただし、だからアルバイトはダメだというのは正確ではないですが、ついそう言ってしまう親の気持ちもわかります。

正社員も時間の切り売りをしているんですが、ただ月給より時給のほうがわかりやすい。自社のストックオプションをもらうような人は特別ですが、基本的に働くというのは、自分の時間と能力を売ることです。

ただ、若い人にとって、時間というのは貴重な資源なんですね。どんな貧乏な若者でも、中高年に比べればたくさんの時間を持っています。ホームレスでもビル・ゲイツでも1日は同じ24時間ですから、時間は平等な資源なんです。同じ2時間をパチスロで費やす人と、ターゲットを絞った勉強をする人では、2年もすると大変な差ができます。語学の例がわかりやすいのですが、中国語を30歳から始めるより15歳から始めるほうが圧倒的に有利です。若いときの時間は貴重な資源だというのはそういう意味です。

その資源を、「単純労働で1時間８５０円で売るのは損かも」という考え方は間違っていないでしょう。アルバイトは不安定だからダメなわけではないし、正社員だったら何でもいいというわけでもないんですが、正社員は生きるうえでアルバイトより有利だということです。本当にせちがらくてわかりにくい社会ですね。

単純労働で貴重な時間を売るのは損という考えは間違っていません

お金持ちになるよりも、そこそこのお金で満足したほうが幸せでは？

収入アップへ向け、転職を希望。でもホリエモンも逮捕されたし、無理して欲張っても、ろくなことがないのかなと思うようになり……。（29歳・SE）

ホリエモンの逮捕と、いまのあなたの「そこそこの生活」の満足度は、まったく関係がありません。そもそも、ホリエモンは非常に欲張りである、欲張りだから逮捕された、だから私も欲を出すのはやめるべきだろう、というのは、デタラメな論理で、破綻《はたん》してます。

堀江前社長は、法を犯した疑いをかけられていますが、法律より枠《わく》の大きな規制として、倫理・モラルというものがあります。たとえば、江戸時代に不義密通をしたら妻と間男《まおとこ》が捕まってさらし者になったわけだけど、いまは不倫をしても逮捕はされません。ただ、あまりほめられないし、配偶者から訴えられたら民事事件となって罰を受けることもあります。企業や金融機関にも、投資モラルという暗黙の規制があって、みんな何となく守ってきた。モラルを破ると、いずれ信用を失ったりして損だからです。ライブドアはモラルの破壊によって事業と時価総額を拡大して論議を呼んだわけだけど、調べてみたら違法行為もあるみたいだ、というのが現状です。

でも法律を守り、モラルも保ちながらお金持ちになった人はたくさんいます。大金持ちになると何かを失う、お金持ちはみんな強欲というのは大嘘です。

転職にはエネルギーが必要なので、べつにしなくてもいいものなら、しないですませたい、という気持ちは理解できる。だから「面倒くさいから止めよう」ということならわかるんですが、堀江前社長を転職を止める口実に使うのは自分へのごまかしです。

「大金持ちになると何かを失う」という考えは間違っています

29歳。このまま仕事を続けていくことに不安が……

つぶしがきかない事務の仕事で、何となく不安になります。家族に「結婚はどうする?」と聞かれ、暗くなったりもします。(29歳・事務職)

この人が会社に就職したのは90年代の後半、日本が本格的に不況になっていったころでしょう。まず、よく入れましたね、というのがある。氷河期と言われた時代だから、たぶん本人も喜んだんじゃないでしょうか。そういう人間でも、何年かたつと「これでいいのかな」と思うようになる。すごく好意的に言うと、これは進歩だという言い方もできます。自分は幸福である、運がいい、何がしかの能力があるはずだ、というところから、現実を見て、不安や不満を持つようになったわけだから。だからその気持ち自体は肯定すべきだと思います。

問題は、結局「自分は何をしたいのか」がわからない限り、その不安は晴れないということです。会社に不満があって転職をしたいのか、同じ会社でもべつの部署に行って、たとえばもっと専門的な仕事をしたいのか。あるいは恋人が欲しいとか、結婚したいということなのか。

本当はわかっているんです。彼女が何をしたいのか、僕にはわからないけれど、本人にはわかっている。でもそれを自覚するのが怖かったり、面倒だったりするから、おっくうになっている。

やりたいことがはっきりしたら、そのためにすべきことは決まってしまいます。行動を起こさなければならないわけです。それよりも曖昧な不安の中にいるほうが、ずっと居心地がいい。

自分の人生について、いろいろな思いがある中から何かひとつを選ぶというのは、大げさに言えば人間の自由です。自由というのは面倒くさい。むしろ自由を取り上げて、「ああしろ、こうしろ」と指示されるほうがラクな場合だってあります。

昔から人生相談というのはそういうものなのですが、こういう相談を誰かにするということは、どこかで「悪くない会社だから我慢しなさい」とか、「思い切って転職してみたら」とか、言われることを望んでいるんだと思います。そうすれば自分で考えなくてすむからです。でも、「自分は何がしたいのか」がわからない限り、何のアドバイスもできないんです。

「自分が何をしたいのか」がわからない限り不安は晴れないのです

貯金できる金がなくて、でもしたほうがいいのか……？

ひとり暮らしで手取り18万円。飲み会や旅行に散財してしまい、貯金ゼロ。女がひとりで生きていくにはどの程度お金が必要ですか？（30歳・広告代理店）

その人の資産や家庭の状況によって、答えはまったく違ってくると思います。なぜ貯金が必要だと言われるのかというと、まずは病気です。ひとり暮らしで親にも頼れないとなると、保険に入っているかどうか、有給休暇をとれる会社かどうかなどにもよるのでしょうが、ヘタをすればすぐに治療費さえ払えなくなる。だから健康かどうかもポイントになってきます。

この人は独身で生きていこうと決めているみたいだけど、何となく不安になるのはわかります。

結婚をすれば、とりあえず頼れる人ができるというような前提がまだあると思っているのでしょう。

たとえば生きていくのに生活費が年間300万円かかるとすると、平均寿命の85歳まで生きるなら2億円近く必要になるということになる。

じゃあいま、そのお金を丸々もらったら安心なのかというと、そもそも税金がかかっちゃったりするだろうから、あまりそういう計算には意味がないと思います。

自分が死ぬまでのお金をあらかじめ準備する人はいない。稼ぎながら生きていく、というのがふつうでしょう。

だからと言って結婚をしたほうがラクかと言うと、必ずしもそうは言えません。共働きをすれば収入は2倍になるけど、男性だって賃金が減っている人は多いし、子どもができたら養育費がかかってくる。経済的にどちらがトクかなんてとても言えないのに加えて、支え合うどころか、ののしり合うことになってしまうことだってある。離婚することになったら、またすごいエネルギーが必要です。

ただ手取り18万円で、ワンルームマンションの家賃を払ったりしていたら、貯金なんてまずできないでしょう。週に1回、きちんと割り勘で飲み会に行って、たまには2次会でカラオケに行って、年に1回か2回、旅行に行ったりしたら、それでなくなる。

僕はそれを散財とは言わないと思う。要は貯金できるようなお金をもらってないというだけのことで、そっちのほうが問題です。

ただその際、ひとつ言えるのは、手に職があると強いということ。そのために専門学校に行ったりしたら、またお金がかかって大変になってしまうけど、ひとつ目標ができると、そのために副業であと3万円稼ぐことはできないか、とか考えられるでしょう。暗くなってばかりいてもしようがないから、積極的に考えてみてはどうでしょう。

まず第一に貯金できるようなお金をもらってないんです

転職活動中、連続で20社も落とされました。年をとるとデメリットばかりが増えることにイラだちます

30歳になると、再就職も結婚も不利になるのを実感しています。やり直しがきくのは25歳ぐらいまで。そんな日本社会をどう思いますか？ （30歳・無職）

いまの時代は、たとえば酒を飲みながら「そうだよね、日本ってひどい国だよね」とグチを言い合っていても、何も改善されません。日本社会を嘆く前に、「具体的に、何をするか」を考えるほうが合理的です。

再就職について言うと、早期退職の中高年でも、就職のあとすぐに辞めた若者でも、落とし穴みたいな考え方があるらしい。企業イメージにこだわると、なかなか再就職先が見つからないというものです。誰にだってミエとかプライドがあって、知名度のある会社じゃないと友人や親せきに恥ずかしいとか、オフィスが中央区や千代田区以外は嫌だとか、思わずそういったことにこだわってしまう。とくに早期退職に応じた中高年で一流企業の管理職だったような人は、そういう傾向が顕著らしいですね。

で、そういう基準で再就職をはかっても、必ず落とされるわけです。でも、たとえば企業規模や知名度にこだわらずに中小・零細企業まで選択肢として広げたりと考え方を変えると、それまでつちかってきた技術やスキルが活きて歓迎されたりします。給料は下がるかもしれないけど、失業状態が続くよりはいいわけです。

もし都心から離れた郊外に住んでいるなら、近辺で仕事を探してみるという方法もあります。家の近くの営業所や支店、それに商店や工場などの求人情報を探してみるわけです。そうやって再就職先が見つかった場合、通勤に時間がかからないとか、満員電車ではなく自転車で通うので健康にいいとか、近所に仲間や友だちができて楽しいとか、いいことだってあるはずなんです。

そうやっていろいろな選択肢を視野に入れるのが再就職活動のコツらしいです。

履歴書の書き方や面接についてじつに詳しく教えている本などもたくさん出ています。履歴書に貼る写真を撮りに行く前日は、酒を飲まないほうがいいとか、けっこう具体的なことが書いてあるので、まずはそういったものを読んでみたらどうでしょう。

信頼できるキャリアカウンセラーに相談してみるのもいい。20回も落ちたということを気にする必要はないんですが、なぜ落ちたのかを考えるのは重要です。再就職というのは、結局のところ需要と供給の問題なので、自分にはどういうスキル・技術・

知識があって、どういう会社ならそれを必要としてくれるだろうか、ということを考えるのが合理的だと思いますよ。

若いから有利というわけではない。
具体的にどうすればいいのか考えるべきです

もっとラクな仕事につきたいのですが、甘えているのでしょうか？

会社の人間関係に疲れてしまい頼れる彼氏もいません。仕事だけで充実感を得られるというのは、違うような気がします。（28歳・学習塾営業）

不思議なことに、趣味が充実している人というのは、仕事も充実してることが多い。仕事がつまらなくて、早く辞めたいと思っている人が、趣味の世界だけすごくイキイキしてるというのは、あまり聞いたことがありません。人間関係に疲れたからとジグソーパズルをする人、あるいはテレビゲームをする人は、果たして楽しいでしょうか。

また趣味にはお金のかかるものが多いので、ある程度仕事で収入を得ていないとむずかしいということもあるのではないでしょうか。

仕事は、経済的、精神的に人生を支えるものです。

仕事がつらいから、たとえば趣味で何とかしようというのは間違えば逃避になりがちです。

ただし、「つらい」というのがどの程度なのかという問題はあります。

職場での人間関係がうまくいかず、健康を害しているとか、精神的に耐えられずに安定剤や睡眠薬を処方されているとか、医師から「神経症」と言われたとか、そういうことなら話はべつです。まず体や心を正常に戻すことを優先すべきです。いまの職場に居続けたら、病気になりそうだ、あるいはすでに病気になっている、何度か入院した、そういう場合は、退職や転職を考えるべきです。病気ではない場合は、その仕事、いまの職場で何とかしてモチベーションを得られないかと考えるほうが合理的です。

それでも、この仕事はやっぱりいやだ、これといって趣味もない、相談できる彼氏もいない、ということで八方塞《ふさ》がりになって立ちすくんでいる人の場合は、うーん、どうすればいいんでしょうね。

全部を一挙に打開するわけにはいかないから、まずひとつだけでも何とかしようと考えるのかな。職場の人間関係に疲れて神経が参っていたら、まず回復を図る。しばらく旅に出るとか、韓国や上海などは安いツアーチケットがあるので、それで3泊4日くらいでおいしいものを食べて、マッサージでもして元気になるように努めるとか、そのくらいしかアドバイスは思い浮かばないです。

趣味といっても、それをやることで本当に救われるような、自分に合ったものをいまから見つけるのも簡単じゃないですからね。

仕事がつまらなければ
趣味に打ち込んでもイキイキできないでしょう？

最近の男性はおごってくれませんよね。ケチが多いと思いません？

ご飯でも飲み会でも、昔は男が払うのが当たり前だったらしいですね。男性がいくら払ってくれるかが女の魅力のバロメーターだと思うけど？（27歳・営業アシスタント）

男がおごってくれるかどうかが女の魅力のバロメーターだと考えるなら、それは自分に魅力がないってことですよね。この人とはワリカンだった男も、べつの女にはおごっているかもしれないし。

それを男の甲斐性《かいしょう》のなさのせいにしているわけですが、見方を変えると、自分には魅力がないと、自分で告白しているだけ、ということになります。

飲み会というのはグループでやるわけですよね。そこで男がおごらないというのは、しみったれているからなのか、払いたくなかったのか、微妙なところだと思います。いまの給与体系や雇用の現状を考えると、20代や30代で自由に使えるお金をふんだんに持っている男は極めて少ないと思われます。

現実的にあまりお小遣いを持ってない男の側からすると、飲み会の顔ぶれを見た瞬間、「これはワリカンだ」という場合があるのもごく自然な気がするんです。この顔ぶれでワリカンでなかったら、今月必死に働いたのはいったい何だったんだ、みたいなことは、当然あると思いますよ。

男が払うのが当たり前というのは、せいぜい高度成長とか、そのくらいまででしょう。

女性の雇用が極端に限られていて、サラリーにもはっきりした差があった時代です。そういった時代のなごりが残っているのと、食事やお酒をおごるかわりにお酌をしろとか、歌をうたえとか、ちょっとだけ触らせろとか、そういう間違った甘え合いが喜ばれたのではないでしょうか。

僕は基本的に、男がおごるとか、逆に女も払うべきとか、そういうことじゃなくて、よりお金を持っているほうが払えばいいと思いますよ。

僕も学生のころはよく年上のお姉さんにおごってもらったりしたけど、いまは仕事上、男も女も年下とつき合うことが多いので必ずおごるハメになります。でもその場でいちばんお金に余裕があるのが自分なので、しようがないと思っています。

何の利益もないと思ったら男性だってお金払いませんよ

やりがいのある仕事についた友人に嫉妬する私

私は、たいしてやりたくもない仕事を一生懸命やっています。だから、やりたい仕事についた友だちを見ると、悲しくなってしまうのです。（26歳・事務職）

そう思うのはふつうのことです。これは自分に向いている仕事だと思っている人は全体の数％じゃないですか。真っ当な悩みだと思います。でも友だちが本当にやりたい仕事について、イキイキと働いているかどうかはわからない。だからまず、あまり他人と比べないほうがいい。

こういう悩みを持つ人が増えたことの背景には、大前提として就職難があります。ただ、昔はみんな希望する仕事につけたのかと言うと、違う気がします。目指していたものを仕事にできたのはやはり全体の数％で、大半はあまり関係ない会社に入ったりしていた。「これは自分に向いているのかな」「面倒くさいのはイヤだな」と思いながらも、実際に仕事をしてみたら興味がわいてきたり、我慢ができなくなって辞めちやったりしていたと思うんです。

女性の場合、その当時はしばらく働いたら、寿退社をして結婚するのが当たり前だったから、そもそも仕事が自分に向いているかどうかなんて考えなかった。考えるから、悩むのです。

もうひとつ、一般的に若い人が不満に思っているのは、長時間働かされているということのようです。これもケースバイケースで、たとえば医者でも、研修医のときは睡眠時間が2～3時間だったというような話を聞きます。どの世界でもだいたい新入りというのはコキ使われるものです。それもイヤだと言われると、ちょっとむずかしい。その一方で、「いいから頑張れ」と言う人もいるのですが、これもどうかと思います。経済状況のせいもあって、サービス残業に追われて体を壊す人もたくさんいるわけですから。

あなたが現在、どんな仕事をしていて、何を望んでいるのかわからないので、あまり具体的には答えられませんが、とりあえずの基準として、病気になりそうだったら辞める、というのはあると思います。眠れないとか、体重が激増したり激減したりするとか、体調が悪いようであったら、休むことを考えたほうがいい。

逆に少し疲れ気味だけど、ご飯が食べられて、ぐっすり眠れて、「どうも仕事に興味がわかない」という人は、案外その仕事に向いているかもしれませんよ。

あまり他人と自分を比べないほうがいいですよ

28歳から夢を目指すのは遅い？

ちなみに面接では、顔が悪いせいか、落ちてばかりです。なぜ年齢と外見で、就職が不利にならなければいけないのですか？　（28歳・会社員）

外見の話からすると、北朝鮮の資料を読んでいたら、ウエイトレスとか売店の売り子さんとか、人前に出る職業は、容姿がポイントらしい。そういう社会では、明らかに美人のほうが有利です。日本でも職種によっては、同じ能力なら顔だちのととのっているほうを選ぶということはあるでしょう。

問題は本人の実力というものはそう簡単にわからないことです。弁護士事務所に、弁護士資格を持つブスと、弁護士資格のない美人が来たとして、どちらを採用するかは明白です。明らかな能力差があれば、容姿は関係なくなります。

外見を気にするようになったのは、個人の時代が来たからだと言う人もいます。一流と言われる企業に勤めていれば、容姿なんて関係ないと言っていられた時代があったけれども、いつリストラされるかわからない世の中になると、要するに社員としてではなく、個人として生きていかざるをえなくなった。そういう世の中では、外見がいいというのは有利に働きます。

そういう社会が正しいかどうかは別問題です。不公平と言えば不公平。女性が「人生は顔じゃない」とか「努力すれば報《むく》われる」と言われながら育って、大人になって初めて「嘘だった」という感じになるのだとしたら、アンフェアでもある。

だからと言って、子どものころから容姿が大事だというアナウンスをすればいいというものでもないだろうけど、そういう現実があるのは間違いありません。

28歳という年齢について言うと、遅いということはありません。でも22歳と比べると不利です。それだけの話です。仕事などで新しいことを始めるなら、年をとるごとに可能性は少なくなっていきます。だけど可能性が無くなるわけではない。

むしろ「可能性が無い」と言ったほうがラクになる人はたくさんいると思うけど、可能性がゼロになるわけではないというのがむずかしいところです。

可能性はゼロではないんです。
そこがむずかしいところなんですが

貯金をするのがバカバカしい気がします。いまを楽しく過ごしたほうがいいと思いませんか？

若くてきれいなときに、高い服を着て、華やかな人生を送るほうが、あとあと後悔しないと思って、服や化粧品を買いまくってしまう私。（26歳・派遣会社ＯＬ）

べつに悪くはないと思います。僕が子どものころよりきれいなものや素敵なものはたくさんあるし、思いきりお金を使うと気持ちが晴れたりもするし。華やかな生活というのがちょっとよくわからないけど、高級なレストランでご飯を食べるとか、高価な服を買うのが楽しいというのはわかる。

ただ、昔インタビューした、Ｆ１のレーサーが言った言葉で忘れられないことがあります。当時彼は22、23歳。ようやくＦ１の世界にたどり着いたばかりで、テストドライバーとしてとても苦労していた彼には、女のコとデートをする時間もなかった。で、「僕の年だったら、女のコとビーチで遊んだり、おいしいご飯を食べに行ったりするのが楽しいに決まっている。でももしＦ１で優勝することができたら、その喜びは何か月も何年も続くんじゃないか。僕はそれが欲しいんです」と言っていました。

なんてけな気な若者なんだと思ったけど、このことは誰にでも当てはまるような気がするんです。下着から何から最高の服で決めて、彼氏と高級レストランでおいしいものを食べて、素敵なセックスをして、「よかったわ」と思うのも大事なことです。大事なんだけど、それを続けるのはやはりリスクがある。たぶん人間は、そんな思い出だけでは生きていけないんです。

たとえば40歳になって、容姿も衰えて、トレーニングをしてないからお金を稼ぐ手段もなくなって、結婚もしてないし信頼できる友人もいない。何も無くなった人が、「私は20代のときに華やかな生活をして遊んできたからもういいの」と、言えるのか。言えるならいいんだけど、僕は言えないような気がする。そういう生き方を否定するつもりはありません。「止めなさい」と言う気もない。ただリスクはある、ということです。

だから問題は、お金をパッと使うか、貯めるかではないんです。誰でも30歳になったり、40歳になったりするわけだから、そのときにどうやって充実できるようなポジションにいるのかということです。お金をバンバン使ってそこに行き着く人もいるし、ツメに火を点《とも》すようにして貯金をしてそうなる人もいる、逆に何百万と貯金があろうが、後悔する人もいる。

それは貯金の残高ではなくて、その人がどう生きてきたかによって決まるものだと思います。

40代になって、容姿も衰えて何も無くなった人が「20代は楽しかったからいいや」と言えるでしょうか?

こういう男性達をもう少し仕事を真面目にさせるにはどうしたらいいのでしょう？

仕事に自信はあるのですが、仕事より若さやかわいいかどうかで評価し、チヤホヤする上司や男性社員が不満です。もっと大切にされたい。（28歳・会社員）

　チヤホヤするというのは、その彼女の仕事を手伝ってあげたり、昼飯に誘ったりするということなんでしょうか。そういうことだったら、たぶん99％是正《ぜせい》されないでしょう。お尻を触ったらセクハラですが、昼食に誘わないのはセクハラじゃないですからね。放っておくことはできないんですかね。仕事に支障が出るほどだったら、信頼できるほかの上司とか、先輩に相談するとか。

　ほかの女子社員がチヤホヤされて不愉快だというのはわかるけど、会社を辞めるというような、そんなシリアスな問題ではない気がします。上司が悪いのかどうかもわからない。若い部下をほめて伸ばそうと思っているだけかもしれない。

　ただ、チヤホヤされたいという気持ちは理解できます。ないがしろにされるよりいいですからね。ただし、ほめられよう、好かれようと毎朝、男性社員や上司の机に花を活《い》けたり、お誕生日にセーターを編んだりすればいいのかと言うと、違うでしょう。結局は、地道に仕事をするしかないでしょうね。

ほめるというより、コミュニケーションなんだと思います。日々コミュニケーションがとれていれば、べつにほめる必要もない。『13歳のハローワーク』を作ったチームのスタッフは全員若かったのですが、「これを調べてくれ」と指示して、よく調べてきても、僕はほめたりしませんでした。「キミはいい仕事するね」なんて、気持ち悪くて言えないですよ。能力があると考えて、だから、一緒に仕事をしているわけで、やれて当然だと思うだけです。案外この人の上司も、そう考えているのかもしれません。

でも、ほめることが必要な場合ももちろんあります。もともと優秀なくせに、簡単なことで自信を失って立ち直りが遅い人は、ほめて伸ばすことも考えます。子どももそうです。「よくできたね」とつねに言ってあげたほうがいい場合も多いです。でも、そうやってほめて伸ばすというのと、この人が言う「チヤホヤする」というのはきっと違うと思うんです。「キミがいれてくれたお茶はおいしい」なんて言われたいんでしょうかね。でも、相手によっては気持ち悪くないですか。仕事をしてお金をもらう。

どんな世界でもプロならある程度の仕事ができて当たり前。

ヘンにチヤホヤされたら、そちらのほうがおかしいと思ったほうが正解だと思いますよ。

会社員は仕事のプロ。
ヘンにチヤホヤされるほうがおかしいのです

彼氏がリストラされ再就職もせず……甘えていると思いませんか？

結婚を考えている彼が、無職に。「夢があるから妥協したくない」と言ってますが、現実から逃げている気も。接し方に悩んでいます。（26歳・茨城県）

まず最初に、とくに地方では、中高年、若年に限らず再就職先が非常に少ないという現実があります。それから一度仕事を失った人間というのは、同時に自信も失っているから、傷ついている。再就職活動で、面接に行っては落とされたり、電話をしてもアポも取れないみたいなことは日常茶飯事らしいです。そうすると存在自体を否定されたような気持ちになってしまうらしいんです。そんなときに親や奥さんが、「いやね、まだ仕事見つからないの」みたいな言い方をすると、傷つきますよ。本人だって気にしているはずで、きっと追いつめられていると思います。

ただ、焦《あせ》る気持ちもわかります。無職の期間が長くなると、再就職はどんどん不利になっていく。面接のときに、「この間は何をしてたのか」と、必ず聞かれるらしいです。賞味期限はないけど、鮮度は落ちる。このあたりの事情は、小島貴子さんという人の、ニートや中高年の再就職支援に関する本によく描かれています。まずそういった本を読んでみたらどうでしょうか。彼は夢を持っているというのが、本当なのか、単なる弁解なのか、僕にはわからない。彼は、自分の夢について話しているのかな。一度話してみたらどうでしょうか。たとえ夢は宇宙飛行士だって言われても、即座に否定しないで、彼がなぜ宇宙飛行士が好きなのかを理解するだけでも、だいぶ違うと思いますけど。ただし、子どもじゃないわけだから、本当に望むことは、夢ではなくて、すでに現実なので、そのことも重要ですけどね。

彼は追いつめられている。一度話を聞いてあげては

私は裕福な家庭の娘です。つき合った相手が貧乏だと、価値観が合わなかったりしませんか？

育ってきた環境や価値観が同じ人との結婚を望んでいます。でも周囲には、たとえば私の父親程度の収入がある男性がいません。（26歳・一般職）

価値観が問題なら、とりあえず2人で話してみて、いろいろなことに意見が合うかどうか、ですね。それで、たとえば食事だと、行列に並んでおいしいラーメンを食べるのが2人とも好きだということになれば、貧乏でも問題ない。週に一度は高い懐石料理やフレンチを食べなきゃイヤだ、ということなら貧乏な彼とは別れるしかない。

彼女の父親の収入はどのくらいなんだろうね。1千万円？　年収5億円の家庭に育ったら、価値観が違うこともあるかもしれないけど、1千万円ぐらいではそう変わらないでしょう。案外いっぱいありますからね、1千万の収入がある家庭は。それでも価値観なんて千差万別です。ちょっと余裕がある家庭の人じゃないとうまくいかないと思い込んでいるのはよくわからない。

そもそもこの人の父親だって、若いころに1千万の年収はなかったんじゃないでしょうか。20代後半で1千万の年収というのは、特別な職種か、スキルを持っている場合だけです。

結婚することが最優先だったら、年収には目をつぶる。年収が最優先なら、容姿とか年齢とか、あまり贅沢は言わないで、お見合い会社に登録してもいいから、とにかく収入の高い男を探す。あるいは経済的に豊かな結婚が最優先なのだとしたら、自分も働くという手もあります。最優先事項を決めたら、妥協点を探ることができます。何がいちばん欲しいか自分で決めないで、すべてを手に入れようとするのは、無理なんです。

自分が稼ぐにしても、いきなり年収1千万円になるわけがない。外資系企業やマスコミなどで高い能力給を取っている女性もいないわけではないけど、よほど特別なスキルがない限り、稼げるお金ではない。それでも1千万円にこだわるなら、風俗や水商売で働くか、あるいはこつこつと努力をして需要の高い資格を取るなりして、5年後、10年後に1千万円を稼げるようなスキルを身につけるしかないはずです。

結局この人は自分の不安や不満を相手や周囲の状況のせいにしているだけのように思えます。そのことを正当化するために、家庭環境だとか価値観だとか、曖昧なことを問題にしているだけなのではないでしょうか。まず、自分がいちばん欲しいものは何か、優先順位をつけること。

自分の気持ちを自分で把握することです。簡単ではないですけどね。

あれも欲しい、これも欲しいとダダをこねるほうがラクですから。

すべては手に入らない。「いちばん欲しいものは何か」優先順位をつけることです

部下に対するうまい叱り方を教えてください

カフェを開いて5年、ファンも増え、成長してきました。ただ、最低限のマナーがなってない若いコに、イライラしてしまいます。（34歳・カフェ経営）

マネジメントの本などを読んでも、「叱るよりほめろ」みたいなことが書いてあります。まあ営業マンと接客業では違うのかもしれないけど、でも叱り方というのは本当にむずかしい。

ひとつ大事なのは、これは子どもを叱るときも同じだけど、従業員が「こんなことをされたら困るな」「ちょっと違うんだけどな」ということをやった瞬間に、まずそのことを伝えないと、相手はわからないということです。あとで言っても、何のことかわからない、ということがおうおうにしてあります。

もうひとつは、言い方です。頭ごなしに叱っても、たぶんいまの若い人は受け入れる余裕がないでしょう。優しくというわけではなく、論理が必要だということです。

いまあなたはこういうことをしたけれど、それはこの仕事では絶対にやってはいけないことで、その理由をいまから説明するのでよく聞いて欲しい、と、相手が納得できるように説明しないといけない。

叱る理由、根拠を、具体的に説明したうえで「これからは注意してね」と言うしかないんです。

だいたい旧来の日本社会というのは「バカヤロー！　何度言ったらわかるんだ」「怒られる理由？　自分で考えろ！」みたいな叱り方が主流でした。部下は無条件で上司に従うという鉄則と、上がり続けるサラリーのせいで、それですんできたんです。でもいまそんなことをしたら、辞めてしまう人も多いでしょう。

たぶん部下を叱るにも、練習が必要なんだと思います。こういうことが起きたら、こういう言い方で注意しようと、シミュレーションしておくといいのではないでしょうか。

それに加えて、何でも話せる信頼している部下のひとりに相談してみるという方法もあります。「こういうケースで、こういう言い方をされたら、あなただったらどう思う？」とか、「こうやって注意したら、わかってもらえるかな」といったようなことを話してみるんです。若い人の意見を聞きながら、自分なりのマニュアルを作っておけば、対処がラクになると思います。

その態度がどうしていけないのか、うまく諭す練習をすることです

男の上司が、毎日のように暴言を吐きます

総務部で、待遇には満足していて、辞めたくはないのですが……。ちなみにこの上司は元開発部門で、社長の親戚です。（26歳・総務）

こういう場面に遭遇《そうぐう》した経験がないから、一番苦手な相談事かもしれないけど、確かに厄介《やっかい》そうですね。もしその上司が社長の親戚だからポジションを得たというのなら、そういう会社が成長するとは思えません。

身内を上のポジションにつけるなんて、もうはやらないと思うけど、そういうことはまだ日本にも多いのでしょう。

ただ、機嫌が悪いと怒鳴りまくる上司がいるというだけで会社を辞めるというのは、ちょっともったいないと思う。

もちろん程度の問題はありますよ。

被害の程度が深刻な場合、たとえば実質的に暴力をふるわれたというなら、人事を

通して、きちんとクレームをつけるべきでしょう。

　怒鳴るのも一種の暴力で、特定の人をターゲットにして、延々と怒鳴るのだったら、それは間違いなく暴力だから、訴えたほうがいいと思います。あまりにもそのストレスが大きくて仕事にならないなら、同僚と話し合って対策を考える、とか。いまは労働組合も力がないから、やり方はむずかしいかもしれないけど、黙って辞めることはないと思いますよ。

　そこまで深刻ではなくて、動物園のトラみたいに、ただグルグル回りながらワァワァ言ってるだけだったら、「また始まった」と思って嵐が過ぎ去るのを待つ、というう解決が現実的です。

「どうせこいつはバカなんだから」と思って、やりすごすことができればいいんですけどね。

　上司は元開発部門？　エンジニアなのかな。好意的に考えれば、ずっと理科系でやってきて、畑違いのセクションに回されて、イライラしてるのかもしれない。彼の得意分野のことでも質問してみたらどうですか。

　要は、プライドをくすぐってあげるわけですが、男は案外単純だから、いい改善があるかもしれませんよ。

「どうせこいつはバカだから」と
思うわけにはいかないんですかね？

業績の悪い会社にい続けるメリット・デメリットについて教えてください

会社の業績が悪いためか職場の雰囲気が最悪なのです……。どうせなら20代のうちに転職すべき？（27歳・フードサービス）

業績は悪いけど、和気あいあいとしていて楽しい、という会社はなかなかない。多少ギスギスした雰囲気になるのは仕方ありません。

問題は、業績が悪いのが、経営方針が間違っているからなのか、管理能力がないからなのか、もともと衰退していくしかない業種だからなのか。そういった分類によって状況は変わってくるけど、ボーナスが支払われない、いつ退職を迫られるかわからない、買収されて大規模なリストラが行なわれるらしい、給料が遅配がちだ、みたいなレベルになると、転職は現実のものとして考えるべきです。そういう会社だからこそ、業績を立て直す立て役者となるという可能性もないわけではないけど、そういうのは、大昔のおとぎ話になりつつあります。

ただこの人に限らず、「転職すべきでしょうか、それともここに残るべきでしょうか」という質問自体に、違和感があります。

実際に転職をするにしても、しないにしても、会社にいることに何らかのリスクを感じたときは、転職の準備はしておいたほうがいい。

いまの自分のスキルならどういうところに再就職できるのか調べたり、本を読んでみたり、情報を集めて心の準備をしておくことは、やっておいたほうがいいと思うんです。そんなに怖がることはない。きちんと準備をしておくほうが、たとえいまの会社にい続けるにせよ、ちょっと余裕ができてうまくいくと思います。

ここにいると何かリスクがある、と感じたら転職の準備をすべきです

クレジットカードの借金が１００万に！

いまは月の返済額も少ないのですが、これから返していくのかと思うと……。それよりダラダラとお金を使った自分に対して落ち込みます。（28歳・会社受付）

「返したほうがいいでしょうか」と言われても、借りた金は返すしかないです。それ以外の解決法なんか僕は知りません。知り合いの税理士に、「お金で済ませられることは、お金で済ませたほうがいい」と言われたことがあります。まさに名言だと思いました。借りた金というのは、返さないと、非常に面倒な事態を生みます。もっと質の悪いローンに借り替えて取立屋が来たり、借金が気になって日常生活に支障をきたしたり、いろいろですが、とにかく厄介度が格段に増します。

いろいろな意味で早く返したほうがいいに決まってます。ただしこの人が１００万円の借金をどのくらい精神的負荷として感じているのかがわからない。気になって気になって、食欲が落ちたり、不眠が続いたり、病気になりそうだったらアルバイトをするとか、親類に借りるとか、極端な話、水商売で働いてでも返したほうがいいです。

それと、いらないものをダラダラ買ってしまうというのは、いいかげん卒業しないとリスクが大きいし、時代遅れです。有名な海外ブランドは、日本市場もそろそろ飽《ほう》和《わ》状態になってきたので、中国や東南アジアの新興諸国に移るという戦略を打ち出しているようです。彼らはお金持ちになった国に進出して、がんがん買わせて、これ以上売り上げが伸びないと判断したら次の国に行くわけです。宣伝もうまいし、マスコミも乗ってしまうし、良い商品が多いのも確かだけど、要はブランド商品の世界戦略の中で踊らされているわけですね。

ちなみに、産地であるフランスやイタリアの若い女のコは、そういうブランド物は持っていません。

お金で済ませられることは、お金で早く済ませてしまったほうがいいですよ

いま27歳で、もう少し年相応の楽しみがあってもいいかな、と思うのですが

平日は事務の仕事をしています。週末もとくに楽しいことがなく、稼いでいるほうがマシかな、と思っているぐらいです。（27歳・営業事務）

借金をふくらませたり、いらないものをつい買っちゃったりしてる人に比べたら、何の問題もないじゃないですか。皮肉でも何でもなく、立派だと思います。

この人の場合、副業の収入とか、貯金があることで悩んでいるわけではないですよね。

何となく毎日がつまらない、もっと面白いことがないかと思っている。

でももし将来、面白そうなことに出会ったとき、それを追うにはお金がかかるということはよくあります。もう1回勉強してみようかなと思って大学や専門学校に行こうとしたら、間違いなくお金がかかる。貯金というのはそういうときに役立ちます。

生活にうるおいを持たせる、人生に彩《いろど》りを添《そ》える方法というのは、人それぞれです。

自分が気持ちいいと思うことは、自分で見つけなければならない。ただ小手調べとしてトライしてみてもいいことはけっこうあります。

たとえば、お花を買って部屋に飾るとか、鉢《はち》植えを買うとか、どうですかね？　数千円も出せば、きれいなお花が楽しめます。

あるいは月に1回、インターネットなどで情報を集めてワインを選び、飲んでみる。いまは安くておいしいワインがかなり日本に入ってきています。3千円も出せば、いいワインが飲めます。いいワインはひとりで飲んでもおいしいです。

モーツァルトのCDを聴いてみてもいいし、もちろん本を読んでも、美術館に行くのもいい。たまには贅沢をして、クラシックのコンサートに行くとか、文化というのはそのためにあるんです。

うるおいとか彩りというのは、そういうものだと思う。

ブランド品などに比べると、貯金をとり崩すほどの出費にはなりません。あと、NPOなどに参加するとか、やるべき価値のあることはいろいろあると思いますよ。

貯金を大きく崩さなくても楽しみは見つけられます

集団の中で嫌われてしまう私は何がいけないんでしょうか？

派遣された職場で、周囲の女性から無視されたり、悪口を言われたり。どうして集団にうまく適応できないのかと落ち込んでいます。（30歳・派遣社員）

最近、イギリスに留学していた医学生が書いた、興味深いレポートを読みました。いわゆる「差別」について書かれたものなのですが、日本の場合、「差別はいけません」ということを教える際に、過去にあったひどい例を持ち出すことがあります。それを反省して、人間というのはみな平等で、極端に言えば違いなんてないのだから、差別をなくしていこう、という対処の仕方をする。

ところがイギリスには、先祖代々イギリスに住んでいる人のほか、歴史的にインドやパキスタンからの移民も多いし、中東から来た人たちもいる。宗教も生活様式も食べ物も違っていたりするわけです。違いがないとはとても言えない。だからまずその違いを認めたうえで、どうすれば衝突しないで済むかというコミュニケーションスキルを学んでいくというのです。

たしかに日本の社会には、ひとりひとり異なる人間が、それぞれ異なる価値観を持っているはずだという感覚が、希薄なところがあるんじゃないかと思います。僕が子どものころも、いまで言うイジメみたいなものは目立ってはなかったけど、「人と同じことをしなさい」という大前提的なプレッシャーのようなものがあったような気がします。人とちょっと違うことをしただけで、異端視されてしまうことがある。

たとえば「一緒にトイレに行こう」と誘われないと、嫌われたと思ってしまったり、誘ったのに「いやだ」と言われると、それはそれで嫌われたと思ってしまったり、などという話をよく聞きます。べつにトイレなんてひとりで行けばいいのに、やはりそこには、みんなと同じ行動をしなければならないという圧力が働いているのだと思う。「人と違う」ことが当たり前ではない社会では、何かの拍子でそれがイジメの対象になることが起こり得るかもしれない。人前で突然叫びながら裸になるとか、そういう極端な場合を除いて、「人と違う」ことは、悪いことではない。具体的なアドバイスとしては、とにかく信頼できる第三者に相談することをおすすめします。職場にいなければ、公的またはNPOなどの相談機関があるので、話を聞いてもらう。それでも病気になりそうなくらいイジメが進行・拡大したら、上司に進言するとか、弁護士に相談するとか、とにかく戦う姿勢を持つべきです。

日本は「人と同じことをしないと」というプレッシャーがほかの社会より強いと思います

27歳。激務の会社を辞めました。仕事は好きだったのですが……

待遇や人間関係の問題で、好きなお菓子作りの会社を辞めました。新しい営業の仕事に不満はないけど、結局どちらがよかったのか……。(27歳・営業職)

ホンワカした職業に見えるけど、お菓子作りの現場というのは大変らしいですね。朝早くから小麦粉とかをこねたりしなきゃいけないので睡眠時間は短いし、若いころはこき使われたりするんだろうと思います。

大工さんなんかも、見習いのころは使われるだけ使われて、あまり給料ももらえないと言います。

大工さんというのは子どもに人気のある職業で、見習いがすごく増えた時期があったらしいのですが、10年たって一人前になれたのは、10人に1人とか、20人に1人だったそうです。朝早くから下働きばかりやらされて、しかもタダ働き同然の給料じゃばかばかしいと、みんな辞めてしまった。

ただ、見習い志望者が増えた時期に、集まってきた10人が10人、大工さんになってしまうと、たぶん大工は多くなりすぎちゃうんです。そうなると自然と選抜や淘汰《とうた》が起きて、下働きは嫌だとか、体力が続かないという人ははじかれてしまう。それはある意味でしかたがないという気がします。

ある仕事が好きだというとき、「好き」という言葉が曖昧だから厳密に定義することができないのだけれども、僕はそこに、「その仕事が続けられる」ということが含まれる気がするんです。

たとえば好きなこと、向いていることをやっていると、夢中になるから、嫌いなことや向いてないことをやるよりストレスが少ないはずです。

僕も草むしりを5時間やるのは苦痛ですが、5時間小説を書くのは、大変だけど苦にはならない。

10人のうち1人残って大工さんになった人も、結局そういうことだったんじゃないかと思います。

だからもしこの人が「好きなことをあきらめてしまった」ことを後悔していてもあまり深く考えることはないと思うんです。

辞めたことに何か少し未練があったりすると、実際以上によく見えるものです。またお菓子作りをしてみようという気持ちになったら、もう1回やってみるのもいいし、いまの仕事で満足できるのだったら、それを続けるのもいいんじゃないですか。

未練のあるものはよく見えます。いまの仕事が苦痛でなかったらそれでいいのでは?

お金持ちの男と、性格は合うけど貧乏な男、どちらを選べばいい？

サラリーマンと、年下のフリーター。どちらとつき合うのが有利でしょう。親からは、本当に好きな男性と結婚しなさいと言われています。（27歳・家事手伝い）

性格が合うというのがそもそも僕はわからないんですよね。幼稚園のころから僕はイヤな人とはつき合ったことがないし。「性格が合う」とは話が合うということなのかな。一緒にいても疲れないというのとは違うんでしょうね。一緒にいると病気になってしまうくらいだったら、そもそもつき合うことができないだろうし。それで、収入の違いが月収30万円と10万円？　微妙ですね。

この人は２人の中から好きなほうを選べる立場なんだと思っているようですが、本当にそうなんですかね。どちらにしようか迷っているということは、どちらもそんなに魅力がないということじゃないですか。どうしようもない男を２人も抱えてしまっているという視点も必要なんじゃないでしょうか。

どちらにしても、贅沢な悩みだとは思えないです。

お金持ちだと言っても、全然大したことないし、もう1人の貧乏な男にしても、それほど好きじゃないから迷っているわけでしょう。

結論としては「勝手にどうぞ」ということですが、まあ無理に一般的なアドバイスを考えると、つき合っている候補者が2人いて、どちらか1人を選ばなければいけないというようなケースを考えると、「どっちがいいか」ではなくて、「どっちがイヤか」も重要だと思います。

赤の他人どうしが長くつき合うわけだから、いいことばかりがあるわけがない。長くつき合うと、その人のいろいろなところが見えてくるようになります。つき合い始めのころは可愛いと思った仕草なんかも、それがいつしか死ぬほどイヤだと毛嫌いするようになったりと、そういう変化は多々あります。それがどの程度まで、許容範囲かというのは大問題です。

「性格が合う」というのがよくわからないのは、そういう意味もあります。

つまり性格が合うなんて言っても、要は、相手の良い部分だけを見ているだけかもしれないわけです。

いつしか相手のイヤな部分も見えてきたときに、どちらがより嫌いか、というのは重要なポイントだと思うんですけどね。

どっちにしようかな、ということは
どっちもそんなに魅力がないってことでしょう

愛想がないと思われている私。「職場の花」にはなれません

男性の上司は、私より2歳上の、愛想のいいパートさんばかり可愛がり、「○○さんが社員だったらいいのに」と、公言しています。（27歳・事務職）

ニューヨークとかパリだったらよかったのにね。ニューヨークやパリの人はたいていみんな愛想がないから。

愛想が必須な職場というのはあるみたいです。たとえばフライトアテンダント。愛想笑いができないからと、辞める人もいるそうです。その話を聞いてから、飛行機に乗ったときに注意して見るようにしてるんですが、たしかにすごい愛想笑いをするフライトアテンダントは多いです。フライトアテンダント以外でも、販売などでは、笑顔が必要だといわれます。

ただこの人のような事務職で、愛想はそんなに必要なんでしょうか。仲間うちでニコニコしていてもしようがないと思うんですが。

正社員で、パートの人たちからやっかまれているということですが、マネージャー職がパートに気を使うという話はよく聞くから、男性上司もそうなのかもしれません。でも、嫉妬するより、されるほうがいいんじゃないですかね。この人だって、パートになりたいわけじゃないと思いますよ。安定した立場のほうがいいに決まっていますから。

「職場の花」という言葉はなつかしいですね。死語ですよ。高度成長時代のサラリーマン映画を思い出しました。ワードやエクセルなんて影も形もなくて、女性社員というと寿退社前の腰掛けのようにみんなが思っていた時代ですけど。「サラリーマンは気楽な稼業ときたもんだ」みたいなころの話じゃないですか。

もっと昔は、「マドンナ」とか呼ばれたり、いまは「ヒロイン」とか「アイドル」とか言うのかな。いまはよく大会社の「受付」にいますよね。「職場の花」みたいな女性が……。でもあれは専門の「派遣」が多いと聞いたな。

とにかく「職場の花」なんて、おじさんたちの幻想でしょう。

そういう人たちは放っておくべきじゃないでしょうか。

実害がないなら、放っておくことです。

どうせ無愛想だと思われているのだから、それでいいじゃないですか。

「職場の花」なんて
忙しくしている会社にはいませんよ

学歴よりも資格重視の時代ですよね。どんな資格を取れば有利ですか？

ツブしがきかない仕事なので、取りやすい資格を取ろうと思います。一生食べていける資格というのはあるのでしょうか？　（27歳・フリーター）

食いっぱぐれがないというのは、薬剤師や医師、弁護士や公認会計士の免許や資格などはそうでしょう。ただ、取得するのはむずかしいです。むずかしいから、取る人の絶対数が少ない。で、一生食べていけるわけです。ミもフタもないですが、簡単に取れて、一生食べていける資格なんてあるわけがありません。

基本的に、資格というのは、なければ始まらない、そして、ないよりはあったほうがいい、というものだと思います。「これがあればもう一生大丈夫」というのは、非常に少ない。

教員免許だって、いちおう2年か4年、大学に行って、実習なども受けなければいけない。時間がかかるし、かなり大変なことだと思います。でも教員免許があっても、少子化の影響もあって、すぐには採用されないことも多い。とは言え、資格がなければ教師にはなれない。なければ始まらない、ということですね。シューフィッターという資格がありますが、持っていれば必ず靴屋さんで働けるというわけではないが、ない人よりは有利になります。

一生食べられるかどうかはべつにして、価値ある資格は、それだけ取るのに時間がかかる。会社に入ってからだと、なかなかその時間が取れないかもしれません。公認会計士や弁護士などは、在学中から資格を取ろうと勉強する人が増えているそうです。

あと、「大学の文学部に行くくらいなら専門学校へ行け」と言う親も増えているらしい。英文学科卒で英語がしゃべれない人もいまだに多いですからね。「学歴社会が終わったと思ったら、資格社会になってしまった」と言う人もいますが、どちらかと言うと資格社会のほうがまだいいんじゃないでしょうか。学歴は入試と卒業がすべてだけど、資格はいろいろな意味で勉強の継続が必要です。

また、少なくともそれを持つ人は何ができるのか、採用するほうもわかりやすい。採用するほうだって、何らかの基準が必要なわけです。そのときの基準が、学歴だけよりも、資格があったほうがわかりやすい、ということでしょう。

くり返すと、簡単には取れない資格ほど持っていれば有利だけど、資格だけに頼るわけにはいかないということです。

簡単に取れて、一生食える資格はないです

彼氏が画家を目指してフリーターに。「お金がない」とグチるようになり魅力がなくなった感じがします

得意な絵で受賞歴もある彼は夢だった画家の道に。でも最近はヒマなのか会いにくることも多く、面倒を見切れないと感じています。（26歳・接客業）

彼がどんな賞を取ったのか、どれほどの才能がある人なのかもわかりませんが、芥川賞を取っても小説では食えなくて講演会やエッセイや賞の選考委員で稼ぐだけという作家もいるくらいだから、絵の場合も、作品が高く評価されてしっかりした画商がつくような人でないと、お金にならないのは仕方がありません。

それはそれとして、話を聞く限りでは、もしかしたら彼は画家に向いてないのかもしれません。売れるかどうかはべつにして、その人が画家に向いているんだったら、そんなには落ち込まないし、グチも言わないと思うんです。一日中、絵を描いていら

れるのだから、逆にイキイキとしてくるはずですけどね。

同じことをずっとやっていても、まったく飽きることがないというのが、才能なんです。

たとえ売れなくても、貧乏していても、家から勘当されても、女と別れても、刑務所に入っても、病院に入院しても、画家はずっと絵を描いているものなんです。腹が減ったとか、誰も自分の絵をわかってないと叫んで酒を飲み荒れたりすることはあるかもしれないけど、それでもずっと絵を描くんです。

だから絵を描くことに没頭して、会う時間が減ってしまった、というのならわかるんだけど、その男はしょっちゅう会いに来るわけでしょう。何か変ですよ。だから向いていないのかなと。ひょっとしたらもう絵はやめて、会社員に戻ったほうがいいんじゃないかな。

夢を追うのをあきらめるって、そういう言い方がよくわからないんです。夢を追いかけてどうするんだろうとよく思います。

何かを望む場合、たいてい夢ではなくて現実なんです。

夢なら「夢が破れました」で済むけど、現実はそうはいかない。だから「夢を追いかける」という言葉は甘えなんです。

希望がない社会だから、そういう言い回しがはやるんでしょう。面倒見切れないなと思ったら、いっそのこと別れたほうがいいかも知れないですね。

絵を描いてても楽しくないのであれば向いていないということなのでは?

シナリオライターを目指すうちに35歳になってしまいました……

父の会社で事務をしながら、読書や映画で勉強してきました。でも賞に応募したりするにはまだまだ、ちょっと怖いんです。（35歳・家事手伝い）

お父さんの会社で働いて、多少なりともお金をもらいながら勉強しているわけですよね。恵まれた人だと思いますよ。少し居心地が悪くなってきたということでしょうか。でも、ほかに何かプランがあるんですかね。いまからほかの会社に勤めるといっても大変だし。

脚本を書くのに、年齢は関係ないです。まぁ若いほうが話題性はあるかもしれないけど。それで、書いたら、賞に応募したり、テレビ局に持ち込んだりしないと自分の実力がわからないです。他人の反応しか判断材料はないですから。誰にも見せてないんでしょうか。「応募したりするにはまだまだ」といっても、35歳なんだから早くはないです。できるだけ早く自分の実力を試してみないと、脚本がただの趣味になってしまうとやばいです。いろいろな人に読んでもらって、「面白い」とか「つまらない」とか、ほめられたり批判されたりして、万が一これはどう考えてもプロとしてはやっていけないなとなったら、ボランティアで子どもの劇の脚本を書くとか、そういうことを目指せばいい。

でもやるならとことんやらないと、プロになる可能性の見切りもつけられない。批判が怖くない人はいません。僕だって怖い。

でも交通事故とか地震で死んで、「押入れの中から書きかけの原稿が1万枚出てきました」ということになっても意味がないです。

「最低だ」とボロクソにけなされても、見せたほうがいいというか、見せないと始まらないんです。旧共産圏とか、全体主義の国では、原稿を隠し持って港まで運んで、必死の思いで外国で出版するという作家や詩人がいたけど、いまの日本では何を書いても死刑になるわけじゃないんだから、さっさと見せてしまえばいいんです。

「最低」と言われたら最初はめげますが、しだいに慣れるし、何も失うものはないでしょう。プライドが傷つくのが怖いのはわかりますが、早く他人に見せればよかったと年をとってから後悔するのは最悪ですよ。

誰かに作品を見せなければ
何も始まりません

彼氏が仕事人間で、会社命なんです。いまどきヤバくないですか?

体育会系の業界のせいか、毎日深夜近くまで働きながら、それを嫌がる様子もありません。趣味とかがあるのがふつうなのに……。(29歳・受付)

仕事バカって言うんですかね。でも、失業中の人だとか、病気で会社を休みがちの人だとか、早退してパチンコや競輪に行く人だとか、キャバクラに入りびたりになってしまう人よりはいいんじゃないですか。

問題があるとすると、帰宅拒否症の可能性があることですが、未婚みたいだし、その可能性は少ないです。寂しいからもう少し早く帰ってきて欲しいということなら、その気持ちはわかりますが、とりあえず間違いないのは働き者だということで、それは貴重だと思いますけどね。

たぶんこの人も実際には、彼が職場でどういう状況なのかは、わかってないと思うんです。体育会系のノリで、バカみたいに遅くまで無意味に職場に残っていると思っているんでしょうか。でもそれは推測ですよね。もしかしたら本当に好きな仕事に没頭しているのかもしれないし、スキルアップを図っているのかもしれない。文句を言うような事態じゃないし、疑問があったら率直に聞いてみればいいと思います。

「もっと趣味を」と言うけど、趣味ってたいていロクなものじゃないですよ。パチンコやキャバクラ通いが趣味だったら嫌でしょう。きっと30歳を過ぎたらゴルフを始めるとか、雑誌やテレビで取り上げられるような趣味じゃないとダメなんだろうな。ガーデニングはいいけど、盆栽《ぼんさい》はダメ、みたいな。

ガーデニングの番組を見ていると、必ずイングリッシュ・ガーデンが紹介されるんです。

アナウンサーが「今日はこの家をお訪ねします」とか言って、田んぼの中を歩いていく。周囲は完璧に日本の風景で、そこに突然イングリッシュ・ガーデンが出現して、イギリス人が見たら驚くだろうなといつも思うんですが、それがおしゃれだということで当然のことのようになってしまっている。苔《こけ》の生えた石とか灯籠《とうろう》があって、金魚のいる池を造るほうがよっぽど自然なのにね。

彼女が言う趣味というのは、そのイングリッシュ・ガーデンに象徴されるような〝趣味〟なんじゃないでしょうか。仕事に加えてそういう趣味もあって、それでバランスがとれているように見えてしまう。余裕のある好ましい人生のモデルのようなものがあって、そこから少しでもズレると心配になってしまうんですかね。それに当てはまらない生き方だって、たとえば仕事一筋でもいいじゃないですか。

それにしてもいまの男って大変ですね。遊んでいても、ずっと会社で働いていても、批判されてしまう。

理想の男のモデルが崩壊しているんですかね。

ひとつの理想的モデルに当てはまらない生き方をしたっていいじゃないですか

株で大もうけするとか、できるだけラクして金を稼ぎたいんですが……

20代のデイトレーダーが300万円を数億円に増やした、なんて記事を読むと、コツコツ働くのがバカバカしくなりました。（29歳・マスコミ）

面白おかしく報道するメディアが9割方悪いんですが、株でそんなにもうけてる人がいるなら、自分がいま時給850円で働いているのはいったい何なんだと思うのは、ある意味で当然だし、実際そう思っている人は多いはずです。

そういう疑問があるときに、「デイトレーダーなんてほとんどバクチでロクなものじゃないんだから地道に働いたほうがいい」という説教には力がありません。トレーダーは正当な方法で株を取り引きしているわけだし、金をもうけるのは違法でも何でもないですから。

ただし、デイトレーダーが100人いるとして、大きくもうけている人というのは、極めて少ないです。市場では得をしてる人がいれば、損をしてる人もいるわけです。

メディアはその極端な成功例だけを面白おかしく取り上げて、「世の中は変わった」と言うから、みんな誤解するんだろうと思います。

そもそも、デイトレーダーがラクにお金をもうけている、というのは正しくないです。金融機関を辞めてデイトレーダーになった人も多いし、他人にはない金融・経済・歴史などの情報や知識、それに直感力が必要な世界です。いろいろ考えたらコツコツ働くほうが合理的だという人のほうが圧倒的に多い。

デイトレーダーの多くは、自己資金に上乗せする形で『レバレッジ』(=てこ)という呼び名の方法を使って何十倍の額の信用取引をしている。だから何億円ももうかる人が出てくるわけだけど、逆に思わぬ経済変動があったりして、ちょっと思惑が外れると巨額の借金ができることになる。それだけのリスクをとっているのだから、ストレスが大きいと聞きます。

そういったことを考えると、コツコツ働くことをバカバカしく感じるのはそれこそバカバカしいと思うんです。

あと重要なのは、たとえ時給850円でも、その仕事のどこかに充実感や喜びを見出していかないとやばいです。ある程度の充実感や喜びがあれば、デイトレードなんて関係ないと思えるはずです。

株で成功できるのはひと握り。
しかも彼らはすごいリスクを背負っているんですよ

景気が回復してきたらもっと就職がラクになるでしょうか?

団塊《だんかい》世代の人は定年を迎えるし、少子化で働く人の数も減る。これからは簡単に就職できそうで、若い人はいいですね。(32歳・フリーター)

自分が学生時代、就職活動をしたころとは状況が変わってきたので、少し怒ってるみたいですね。

たしかに業績が回復して、採用を増やす企業が増えているようです。来年ぐらいから団塊の世代が大量に退職し始めるので、ポストに空きが出るという話もよく聞きます。新卒者は就職氷河期に比べると多少有利でしょう。だからといって、それで就職状況が劇的に変わることはないと、思っておいたほうがいいです。

企業の業績が良くなったと言っても、要因はさまざまです。

たとえば不採算部門を縮小するとか、止めてしまうことで、利益が上がるようになった企業もあります。テレビの生産を止めることでもうかるようになった家電メーカーなどがそうです。

90年代のアメリカには「ジョブレス・リカバリー」という現象がありました。「雇用なき景気回復」という意味ですが、いまの日本にも同じような側面があります。

もちろん事業を拡大してる優良企業もたくさんありますが、バブルの崩壊からこの15年の経済停滞の時代を経て、採用基準なども変わってきてるのではないかと思うんです。

とにかく大量に採用して使える人材を育てるというのではなく、採用数を増やす企業も、もっと優秀な人がいないかと、採用基準を高める傾向は変わらないでしょう。競争がなくなるということはありません。だから、簡単に就職できるようになったというのは間違いです。

景気が良くなって、大企業が数百人というものすごい単位で社員を採用するというのは、高度成長のころのイメージなんじゃないかと思うんです。マスコミは旧来のイメージで就職状況の好転を語っているわけですが、それをうのみにするとだまされます。

転職もラクになることはないです。知識やスキルやモチベーションの差はこれからもっとミもフタもなく、就職や転職に影響してくると思います。

団塊の世代が大量に退職しても就職の状況はあまり変わらないでしょう

若いうちは「自分に投資」と飲み会参加や、買い物をしまくっています

マスコミに出ている良いお店とか、世の中のことは知ってるつもり。でも貯金はないし、習い事とかに投資したほうがよかったのかも。（27歳・ＰＲ会社）

飲み会に出たり買い物をしまくったりすることの、どこが自分への投資なんでしょうか。不思議なのは、どうしてそういったただの浪費を投資と勘違いするような社会になっているのかということですね。

良いお店？　いいレストランということかな。たしかに高級レストランで食事をしたら豊かな気分になれるし、ものすごくおいしかった場合には感動したりすることもある。そういう経験がいいものだというのは認めるけど、それが投資になるというのがわからないです。雑誌に載っているような店をたくさん知っていて食事したからって、誰もその人をそれだけで評価したりしないでしょう。

それに、高級でおいしい店、レストランや寿司屋に行かないと良いものがわからな

い、なんてことはありません。最近、本当に良い店は、初めて来るお客でも大切にしています。いばっているような店は、バブルのあとにもうほとんどつぶれましたから。もちろん一見《いちげん》さんお断り、という店もあるけど、そういうところにはべつに行かなくてもいいんじゃないですか。高級店で食べるコツは、率直に聞けばいいんです。「この、子羊のロティ、ニース風というのはどういう料理ですか」、「予算は2人で1万円なんだけど、このBコースの場合どういうワインを選べばいいですか」と。ちゃんとした店ほど、ちゃんと親切に教えてくれますよ。

多くの人がだまされているんですね。スポンサーに媚《こ》びて嘘を伝えるテレビや雑誌に。買い物が自分への投資だなんていうのは大嘘です。似合わない高い服を着て、バカ高そうな時計やバッグやアクセサリーを持っている女は、僕は風俗嬢に見えますけどね。自分への投資というのは「どうやって生きていくのか？」という問いに対して、真摯《しんし》に応じることです。高級店でフレンチとか、ブランド商品のお買い物というのは、人生が安定してからでいいし、一生縁がなくてもべつにそんなものどうだっていいんです。それはおいしいものを食べるほうが、まずいものを食べるよりいいですよ。ただ、おいしいものを食べてもそれは自分への投資じゃないってことです。昔ミラノでジョルジオ・アルマーニに会ったとき、「アルマーニを着たいと思っている若者は、無理していますぐに買うよりは、そのお金を勉強とかに使ったほうがいいですよね？」と聞いたら、「もちろんです。無理して買う必要はありません」と真剣に答えてましたよ。でも、その後に「あ、エンポリオ・アルマーニを買えばいいんだ。少し安いから」と言っていて、笑ってしまいましたけど。

それは投資ではなくて浪費です

親に大事にされて育った人よりもハングリー精神がある人のほうがいいんじゃないですか？

実家の工務店が資金ぐりに困り、就職のコネもなくて大変でした。でも周囲の恵まれた人を見てると、ハングリー精神がないと思うことも。（29歳・飲食店勤務）

よくハングリー精神と言いますが、ハングリー＝プアではないんです。だからお金持ちの家に生まれても、つねにハングリー精神を持っている人はいるし、貧乏な家に生まれても、ハングリー精神のない人がいます。だから、恵まれた家のお嬢さん、お坊ちゃんだからハングリー精神がないというのは間違いです。

ハングリー精神という言葉には、いろいろな意味が入っているんだと思います。

向上心、自己批判力、自己訂正力。このくらいでは満足できないとか、いまはうまくいっているように見えるけど、何が起こるかわからないから気を引きしめようという危機感とか、いろいろなことが含まれている。これらは貧乏、お金持ちとはあまり関係がないですね。

もちろん貧しい国から働きに来て、稼いで家族に送金しなければならない、だから一生懸命働くというのも一種のハングリー精神でしょう。

でも貧しさがバネになったハングリー精神というのは、成功してお金持ちになったら消えてしまう。日本でも貧しい時代は、経済的状況とひと旗揚げようというハングリー精神とが密接につながっていたけど、いまはあまりないんじゃないですか。

たとえば危機感というのは、漫然と生きていて生まれるものではありません。自分は「これをやりたい」とか「こういうことに興味がある」というときに、いまの自分ではダメだと思うことが、危機感なんです。

どんなにお金持ちの家でも、ずっと仕送りをしてもらうわけにはいかない。そこで「自分で何とかしなきゃ」と思えば、危機感は生まれるわけです。

いまの日本には、明日食べる米がないという危機感はほとんどない。

だから危機感を持っているかどうかはお金持ちか貧乏かではなく、個人によって違うと思います。

危機感がベースになっているハングリーな気持ちは大事です

要領が悪くて「仕事ができない」と言われてしまいます

事務の仕事でたまにミスしたり、それへの対応が悪かったりして、上司に叱られます。でも「仕事ができる」って、どういうこと？（27歳・商社）

「仕事ができる」というのは、仕事の数だけ、少しずつ意味が違うんだろうと思います。モノを売る仕事で「仕事ができる」というのと、大学の研究者で「仕事ができる」というのでは違うでしょう。お客からクレームが来たときにうまく対応できる人も仕事ができるし、手術がうまい医者も仕事ができると言われる。「仕事ができる」を最大公約数的に定義するのは、基本的に無理なんじゃないですか。

「要領がいい」というのも、すごく曖昧な言葉です。非常に効率的に仕事をするという本来の意味で使われることもあるけど、「あいつ要領がいいよね」と言うときには、自分のミスをごまかすのにたけてるとか、上司が怒ってるときになだめるのがうまいとか、やたらとおべっかを使うという意味でも使われる。

これらは仕事上の能力とは何の関係もありません。いまの社会ではごちゃまぜになって使われているから、「要領がいい」「仕事ができる」は、同じではないでしょう。

この人はたまに仕事でミスをするそうですが、ミスは誰にでもあるんです。ミスをしない人間はいません。

僕が尊敬しているフランス料理のシェフのところには、修業をしたい若い人が、タダでもいいから働かせてくれと言ってくるらしいんです。彼は2回までミスを認めるそうです。1回ミスしたら「ああ、そうか」。2回ミスしても「今度から気をつけろ」。でも3回ミスしたら、「お前は向いてないから故郷に帰れ」と言う。そういう世界もあるわけです。

ミスをしたときの対応ということで言うと、「自分はこういうミスをしました。これからはしません」ということを、上司なり何なりにはっきり伝えることが大事ですね。誰かが気がつくまで黙っていて、「お前がやったんだろう」と言われてから謝るのではなくて、手を挙げてでもいいから、「私がやりました。以後気をつけます」と言うと、ミスの頻度や程度にもよるだろうけど、何回かまでは許されるということじやないですか。

要領がいいから仕事ができるとは一概に言えないでしょう

スキルがない人でも、がんばれば、年収1千万円などの高所得になれるものですか？

大手企業の35歳の知り合いは、私の倍近いお給料をもらってます。一流企業のOLというだけで安定し、勤続年数で給料が増えるのはおかしい。（26歳・派遣SE）

その大手企業のOLも、26歳のときはそんなにもらってなかったんじゃないですか。比較するときはできるだけ同じ条件でやらないと問題を見失います。

一流というのがどういうくくりなのかよくわかりませんが、いまきちんと利益を出している企業が、従業員を大事にしてるというのはたしかです。アメリカ式に簡単にクビを切るようなことはしない。ただその反面、ものすごい努力を要求しているということも理解したほうがいいと思います。昔の、新卒で大量に採用されて、適当にやりながら一生生きていけるというのとは違う。必死に仕事をして、その対価として比較的高い給料を取っている、ということだと思います。

実際、一流と呼ばれる企業に入るのは簡単ではないでしょう。入りたいという人がいっぱいいるわけだから仕方がない。ただ一流企業に入りたいのなら、一流企業がどういう人間を欲しがっているのかということを、まず把握しなければいけません。

僕は勤めたことがないからわからないけど、一流企業だろうが、中小企業だろうが、零細企業だろうが、欲しがっている人材というのがあると思うんです。そこから逆算して、自分をそれに近づけるような努力をしないと、始まらないんじゃないですか。たしかに縁故で入る人もいるだろうけど、いくらコネがあっても、ある程度の実力がないと入れないでしょう。そういう人は許せないと怒る前に、たとえばＳＥとしてどういう能力があれば企業に入れるのかを考えて、目標に向かって努力するしかないですね。

一流企業が欲しがる人材を
まず把握しないと始まりません

年収３００万円時代とか言いますね。団塊世代が1千万円ももらっていてズルイじゃないですか？

私の年収もちょうど３００万円。ろくに仕事もしない大企業の団塊世代もいるのに、これがずっと続くなんて許せない。（30歳・ＩＴ）

『プロジェクトX』を見たらわかるように、団塊世代にも、石油プラントを作ったり、ハイブリッドカーを作ったりして、企業を支えてきた人がたくさんいます。だから団塊の世代がみんな給料泥棒であるかのように批判するのは、まと外れです。ただ、中には問題のある人もいるらしい。若い銀行マンが言ってたけど、バブルのときに下手な投資をして、さんざん損失を出したのに辞めないで、しかも当時の融資の仕方しか知らないから使いものにならない、という人もいるみたいです。そういう人が1千万円、2千万円ともらっているのを見ると、クレームをつけたくなる気持ちはわかります。

たとえば同じ仕事で、中国の労働者は月給2万円、日本人は月給30万円で働いているとします。

市場がグローバルになっていくと、その差はどんどん縮まっていくんです。中国人の給料は上がっていくし、日本人の給料は下がっていく。だから職種によっては、20年後も年収300万円だったということも起こりえます。

ではどうするかといっても、もう一度年功序列が復活して、黙っていてもエスカレーター式に給料が上がっていくような事態にはなりようがない。結局は企業の側が、「この人はもっと給料を上げても働いて欲しい」と思うような人材になるしかないわけです。

ただ、この人が怒りたくなる気持ちはわかるんですよ。経済評論家が、「年収300万円でも楽しい暮らしができる」という本を書いたり、テレビで識者と言われる人が「昔の日本人はもっと身の丈《たけ》に合った暮らしをしていた」と言ったりしてる。でも彼らの年収は300万ではない。僕は、そういう人を見ると、お前のスーツはいったいいくらなんだ、と思いますね。そんな人たちから「金がなくても幸福になれる」なんて言われても頭にくるだけです。昔、ある政治家が「貧乏人は麦を食え」と言って大騒ぎになりましたが、それと大差ないです。

だまされているんじゃないかとうすうす気がついてるから、怒っている人が大勢いるはずです。ただ、残念ながらこの国は、変わらないでしょう。貧乏な人のことを考える財政的余裕はないですから。

だから、大変で面倒くさいですけど、個人的に戦略を持って立ち向かうしかないんです。

怒っても世の中は変わりません。
自分で防衛することです

結婚を考えている彼氏は派遣社員。不安定で、これじゃ子どもが産めません

私は年収300万円の正社員ですが、彼は年収220万円、しかも不安定な派遣社員です。少子化が問題と言われても、これでは産めません。（28歳・一般職）

この人の気持ちはわかるんですよ。子どもは欲しいけど、いろいろな意味でコストがかかるし、不安だからやめようという女性はたしかに多いと思います。

ただ、世界中を見ても、若い人の雇用状況が安定してる国なんてほとんどない。フランスでは若者のデモがあったばかりだし、アメリカでもインド人に職をとられたシステムエンジニアが大量に失業していると聞きます。日本だけの現象ではないんです。先進国でないところには仕事はあるかもしれないけど、じゃあ発展途上国に生まれたかったかと言えば、そうじゃないでしょう。

若年層の雇用が安定しないのはけっして良いことじゃないけれども、成熟した社会になると、ある程度そういうことは起こるのだという認識は、必要じゃないのかと思

います。

次に少子化ですが、オジサンやオバサンが「少子化は問題だ」というから自分が産まなければ、と思っているのだとしたら、それは間違いです。「産めよ、増やせよ」という時代じゃないんだから、気にすることはない。不安なら、産まなければいいんです。

そのうえで、「でも産みたい」というのだったら、産んじゃえばいいじゃないですか。２人ぶんを足せば５２０万円。子どもは育てられるんじゃないですか。あまり「彼が正社員だったら子どもを産めるのに」なんて考えず、もっとポジティブに、５２０万円でできることは何かを考えたほうがいいと思います。

若い人の雇用が安定している国のほうが珍しい。いまの収入でできることを考えては？

女友だちが私の着ている安い服をバカにしてくるんです

フリーターの友だちと買い物に行き、千円の服を買うと、「安い女になるよ」とか言われて腹が立ちます。なぜ着る物で判断されなきゃいけないの？（27歳・飲食店勤務）

「この人は貧乏なんだな」と思われるのは嫌なものだし、場合によっては損かもしれない。だから、「見ばえなんかどうでもいい」と言うのは、現実的じゃないです。山に住む仙人の弟子だったらべつですが。たいていの場合、見た目で判断されるわけだから「人間はお金じゃないから見ばえはどうだっていい」と言うわけにはいかないし、際限なくルーズになってしまうかもしれない。

ただむずかしいのは、安いファッションが人生の敗者を意味するわけではないということです。

お金がないというだけですべてを悲観するのは合理的ではないでしょう。

「安い女になる」と言われるということですが、男の側からすると、そこはちょっと違うんですね。服よりもまず、顔とかを見ます。質素な服を着たかわいいコと、すごく高そうな服を着たブサイクな女がいたら、注目されるのは、絶対に前者です。

ただし問題としては、中にはテニスのシャラポワみたいな女がいることですね。容《よう》姿《し》端麗《たんれい》、頭脳は不明ですが、テニスもうまくてお金持ち。

まぁこういう人とは比較しても意味がないので、考えないようにすればいいんですが……。

千円の服しか買えないときというのは、たいていの人にあるものだし、それはそれで仕方がない。そこで無理して5万円の服を買えばすべてが解決するのかというと、そんなこともない。

そういう服は将来お金ができたら買えばいいんじゃないですか。

フリーターの女友だちも、そんなにお金持ちというわけじゃないでしょう。

案外、自分だけ高い服を買って不安になったから、この人にも高いものを買わせようとしているだけかもしれませんよ。

あまり気にしなくていいんじゃないですか。

男は女性の服の値段なんか気にしません。質素な服だっていいじゃないですか

「30過ぎたら転職先ないよ」と先輩に言われて、あせります……

周囲から「転職するなら20代が花」と言われます。年をとった女は不要、人間は若いほうが価値があるという発想はおかしいと思いませんか。（29歳・マスコミ）

そういう発想自体が、ちょっと違うような気がします。「若いうちが花」と言うのは、単純労働には当てはまるかもしれない。元気と体力があればいい肉体労働などはそうでしょう。

ただ単純労働って考えるとあまりないんですよね。肉体労働にも「はつり」という、工事現場でコンクリートを切ったり削ったりする作業があります。

建築中にどうしてもでてくる余分なコンクリートを取り除く仕事です。これは体力も使うけど、一人前になるのは10年くらいかかるそうです。

転職して結局何も残らなかった、というのは多いと思いますよ。

だから、そもそも転職は20代ですべきなのかということですね。専門家の中には、

20代はまず仕事を覚える時期で、すぐに辞めたら何も覚えられない、と言う人もいます。

だからといって、経験や知識、人的なネットワークなど何もなくて、だらだらと40歳になっても転職はむずかしいでしょうね。能力は20代のままで体力だけ落ちていくわけですからね。

この人はとにかく転職したいようですが、目的は何でしょう？　いまの会社で、自分や仕事についてある程度のことがわかったから、次にはこういう職種を目指したいけど、この会社では実現できない、という具体性のある話なら理解できます。

でも、転職自体に憧れても意味ないです。

転職そのものに価値があるわけじゃないですからね。

転職の目的は何でしょう？
転職自体に憧れるのは意味がありません

事務職です。総合職と給料の差があるのに、仕事は大量にあるのです。不公平じゃないですか？

零細企業の事務員です。大企業で働く同じ年の友だちと、いまはお給料も同じですが、将来は差が開きそう。運が悪いだけで、すごい違いです。（26歳・事務職）

自分が零細企業に入ったのは運が悪かったからで、友人が大企業に入ったのは運が良かったのだと考えているというのは説得力ゼロです。運のせいにするのは無理があります。

同じ仕事をしていたとしても、運不運に関係なく、収入や条件に多大な差が生じることはよくあります。たとえばミュージシャンやお笑い芸人ですが、ヘタをすると年収で3ケタぐらい違うことがあります。片や年収3億、片やナシ、ということもざらです。それを運のせいにするわけにはいかないでしょう。サラリーマンやＯＬは収入や条件の差が少ない職種だと言えます。

給料以外の福利厚生面などを含めて、大企業のほうが有利だというのは事実でしょう。ただ、僕は零細企業の事務という仕事がうまくイメージできないんですが、たぶん大企業より、いろいろ多岐にわたる仕事をしなければならないと思うんです。従業員10人だったら、お茶くみだけというわけにはいかないでしょう。

秘書なんていないだろうから、経営者や側近のスケジュールを管理することもあるだろうし、経理をみたり、総務や人事にもタッチするかもしれない。人数が少ないぶん、人間関係も密だろうから、それを整理するのもむずかしい。

やる気さえあればいろいろなことを勉強できるような気がします。組織の歯車という感覚ではなく、仕事をしてるという実感を持ちやすいかもしれない。

もう少しいまの職場の良いところにも目を向けて、むやみに他人と比べないことも重要なんじゃないでしょうか。

いまいる職場でキャリアを積むなどプラス面に目を向けるのも重要だと思いますよ

あまりに余裕がなく働いていると婚期を逃したりしませんか？

忙しい私を見て、母は「結婚もせず、自分は何をやってるんだろうと、そのうち思うようになる」だって。仕事だけでは充実感は得られない？　(27歳・広告代理店)

仕事と結婚を、対立するものとして考えるのはちょっと違う。

たぶんお母さんの時代には、たとえば大企業に勤める安定したサラリーマンと結婚することが、女性にとっていちばんラクな、バラ色のゴールだというイメージがあった。そういうすり込みだけがいまでも残ってるんです。

でもいま、20代後半や30代前半の男性で、「この人なら一生安泰」というのは、まず絶対数が少ないです。その年代で、仕事ができて、収入もまあまあで、人間的にもとりあえずＯＫという男は残念ながら、「予約済み」ということが多いです。

子どもを産むにも金がかかるし、子どもを育てるのはもっとお金がかかる。いじめなど教育環境を考えて私立にやろう、そのために塾に通わせようとなると、必要なお金はハンパじゃないわけです。姑との同居問題とかもあるし、ほかのお母さんたちとのつき合いもあって、育児ノイローゼになったという人もいる。結婚して専業主婦になるというのが、いまは必ずしもバラ色のゴールではないという認識が主流になっています。

それに、でもやはり結婚したいということになっても、仕事をしていたほうが、男と知り合う機会は多いんじゃないでしょうか。

昔風にお茶やお花、料理を習っても、男と知り合うのはむずかしいです。花嫁修業って死語ですからね。合コンという手もあるけど、コンパより、仕事を通じて知り合ったほうが、どんな男かわかるのではないでしょうか。

仕事が楽しくて充実しているのだったら続けたほうがいいと思います。

ただお母さんとケンカするのも疲れるので、「はいはい、そのうちね」と明るく笑ってごまかせばいいんじゃないですか。

仕事を一生懸命やっていたほうがいい男と出会うチャンスも多いのでは?

景気が回復してるらしいですが、給料は上がってない……。本当なんですか

ニュースでは、日本の景気が回復してると言いますが、私にはお金もないし、お給料も上がりません。どういうことなんでしょうか。（30歳・派遣）

「景気」という言葉は定義されていないんです。マスコミも、経済状態が良くなったことを、何となく「景気回復」と言っている。

経済状態が良くなった原因をひとつあげると、急激な中国の成長という要素があります。関係する製造業の業績が良くなって、その後ぼちぼちと非製造業が良くなりつつあり、内需も回復しつつある、というのが現状です。

一部の企業は新卒の採用を増やしたり、少し給料を上げたりしていますが、広く行きわたってはいない。日本経済全体、あらゆる企業・地域の経済が力強く回復している、という状態ではありません。

テレビや新聞で「景気が良くなっている」と言われても、実感がないという人のほ

うがいまだに多いと思います。

バブルの崩壊以降、企業は業績が良くなっても、従業員には一時金で手当てをして、基本給を上げなくなったんです。いったん上げたらなかなか下げられない給与はすえ置きで、業績が悪くなれば、またボーナスを下げるわけです。企業の業績と社員の給与の関係も、以前とは変わってます。

高度成長時代のころは、基調として右肩上がりに経済が拡大していったので、その過程で「好景気」に入ると、ほとんどの人の暮らしが良くなりました。

でもいまは、日本の経済指標が良くなることと、ある個人の暮らしが良くなることは、とりあえずべつだと考えていたほうが対処しやすいんじゃないでしょうか。

マスコミの「景気回復宣言」を見て、これで自分の経済状態も良くなると期待することにはもう意味がないということです。

日本の景気と自分の業績や生活とはあまり関係がないんだと自覚して、個人的に努力するほうが合理的です。

景気に関係なく自分の生活は自分で向上させる努力をするほうがいいですよ

「一流企業を受験した」と自慢する男。落ちたくせに……

マスコミに勤める36、37歳くらいの男で、業界人気取りがいます。「大手広告代理店の最終面接まで残った」「東大を受験したことがある」など、周囲にやたらと吹聴するので、うんざりです。（27歳・ＯＬ）

マスコミ関係者なんだから、嘘はついてないでしょう。ただマスコミ関係者だと言って、いまどこでイバれるんだろう。銀座のバーとか、六本木のきれいな女のコのいる店とかでは、「そうですか」で終わってしまうかもしれない。家の近所のスナックで自慢してるということなのかな。

それに、大手広告代理店も東大も、最後は落ちたんだから、自慢になっていません。そういう人にはあまり近寄らないように。以前、若手の銀行員に集まってもらって話を聞いたとき、バブルを経験した上司たちが使いものにならない、と言っていました。80年代からバブルにかけての仕事が自分の基準になっている人は、とても現在の仕事に対応できない。にもかかわらず、高い給料をもらってイバっている、という不満はどこの業界にもあるのかもしれません。

ただバブル期に入社したといっても、それはたかだか3〜4年の期間です。その前や後のほうが圧倒的に長い。

入社をして3年たってバブルが崩壊して、その後長い不況に入ったという人が、いまだにバブル時代の気分が抜けないというのは、どうも理解できません。じつはバブルとは関係なくて、その人は仕事ができないというだけなんじゃないですか。

最後は落ちたのだから、自慢になっていません。
そういう人には近寄らないように

男性社会と女性社会生きていくのはどっちが大変？

女性ばかりの職場にいるので、独特のいじめや嫉妬があってとても疲れます。それに、同僚が先に結婚すると、先を越されたようで素直に祝福できません。（25歳・エステティシャン）

女性ばかりの職場というのがどういうものなのか知らないのでイメージできないのですが、少女マンガの世界みたいに、イスの上にガビョウを置いたりするんですか？でも、シカトとかはありそうですね。

サラリーマンの世界のいじめもけっこうすごいものがあるという話を聞きますよ。ただそういうことは、基本的にたいしたことのない会社で起きてるような気がするんです。社員がその能力をフルに発揮しないとできない仕事をしている会社や、ぎりぎりの人数でやっている会社なら、協力し合わなければならないだろうから、他人をいじめてる余裕なんかないでしょう。とくに小規模で、かつ利益を上げている会社で、そういうことがあるとは思えない。狭いからすぐ社長の耳にも入るだろうし、社長もそんなことで業務に支障をきたしたら大変だから、すぐ手を打つはずです。会社にとって、職場にいじめがあることには何のメリットもないんだから。

同じ職場の女性に結婚で先を越されたといっても、同じ男性を好きだったわけじゃないんだから。早く結婚したから幸福になるとは限らないでしょう。

無責任に言えば、他人の不幸は面白いものです。だからワイドショーも週刊誌もあるわけです。こっそり不幸を喜んでいればいいじゃないですか。

いじめや嫉妬は、
たいしたことのない会社で起きている気がする

職場でワケもなくイライラするのはどうして？

とくに理由があるわけではないのに、職場にいるとイライラしてくるのです。あまり良い会社にいないからなのでしょうか？（30歳・一般事務）

いや、そうとも限りません。バブルが崩壊して、これからはベンチャーの時代だとか、自分のお金は自分で守りましょうとか、いろいろなことが盛んに言われてきました。その結果、英語を勉強する人がちょっと増えた、というようなことはあったかもしれない。

あと、たとえば当時は銀行が抱えた巨額の不良債権が問題になっていたけれど、これは公的資金を投入して、最小限の会社しかつぶれないように解決しようとしました。実際、大混乱は起こることなく、不良債権問題は峠を越えたような印象があります。ではどんな変化があったのかと言うと、昔から大きかった会社が結局はいまも強かったりする。かえって合併が進んだ業界も多い。ではそういう企業が強いのかと言うと、ヨタヨタしながら何となく残っているようにも見える。輝かしい未来があるようには見えないんです。

で、あいかわらず団塊の世代はものすごい給料をもらっている。もしあそこで税金を入れなかったら、銀行も大企業もつぶれて、社会不安が起きたかもしれないけど、すっきりしたかもしれないとも思うんです。「やっぱりこれまでの会社ではダメなんだ」と、働く人の意識も変わったはずです。

それでもいくつか大きな企業が倒産したから、マスコミも「変わった、変わった」と言うわけです。でも自分の周囲を見ていてもそういう実感がない。そういうところで働くのは鬱々《うつうつ》としたものがあるだろうし、息苦しさはかえって強くなっているのかもしれません。「結局こういう世の中が続くのか」と思ったら、若い人がムカツクのはわかります。

バブル崩壊後よりも、働くことの息苦しさはかえって強くなっているのかもしれません

5時ぴったりで帰れる仕事をしたいというのはゼイタク？

体を壊すくらいなら、ラクな仕事に就きたいと思うのですが、いまの会社はそうもいきません。公務員の人たちはいいですよね。5時には帰れて。そう思うと公務員の存在がムカついてきます。（28歳・ＳＥ）

贅沢ではないでしょう。自分の時間が欲しいというのは当たり前のことだし、それぞれの価値基準で仕事を探せばいいんじゃないですか。

体を壊すぐらいなら、ラクな仕事に就きたいというのも、もっともな望みだと思いますよ。フリーターにもこういう人は多いですね。

体を壊すぐらいなら、収入が低くても、不安定でもいいからフリーターをすると、はっきり決めている。それはそれですがすがしいというか、鬱屈感《うっくつかん》がないんです。

公務員は、中央の官僚から市役所の窓口のおじさんまで、「国民の皆さんのために、公僕《こうぼく》として真剣にやっています」というアナウンスメントみたいなものが皆無ですからね。もちろん中には新しいことを始めている自治体があるという話も聞くけど、まあムカツク人は多いでしょうね。

ただ長時間、仕事をすればいいというものでもないですから。1日8時間、効率よく仕事をしているなら、それはそれでいいじゃないですか。本当に忙しくて徹夜をしなければならない業種や仕事もあるけど。徹夜すること自体がえらいわけでも何でもないんだから。

長時間、ただ仕事をすればいいというものでもない。徹夜すること自体がえらいわけでも何でもありません

男にコビを売る女が職場にいて見ててイラつくのですが……

彼女は、コビれば男なんて簡単に落とせると思っているようで、フェロモンをふりまき、誰に対しても上目づかい。しかも、男に対する態度と女性に対するのとでは、全然違うんです。（26歳・ＯＬ）

胸の開いたブラウスを着てくるとか？　いいじゃないですか。それで犯罪を思いとどまる男もいるかもしれないし。

昔は男が女を「落とす」と言ったものですが、逆なんですね。でもどうやって落とすんだろう。

誰にでも愛想をふりまいて、上目づかいに男を見る姿が許せないというのなら、邪魔しないで放っておくほうがいいですね。そこまでいちいちむかついていたら、やってられないでしょう。よく真剣になればなるほど、笑顔になってしまう人がいるじゃないですか。それと同じで、ついそういう目つきになってしまうのかもしれませんよ。

男性に対する態度が同性とは違ってしまう、そういう女性の中には、子どものときにお父さんが忙しすぎて会話がなかったり、ひどい場合は性的なトラウマがあったり、男の兄弟がいなかったりして、異性とどういう距離感をとればいいのかわからないという人がけっこういるんです。だからさみしい気持ちになって、とりあえず男にはいい顔をしてしまう。一概に男が欲しくて色気づいてベタベタしているわけではなくて、案外かわいそうな人なのかもしれない。そう思って、軽く無視してあげるのがいいんじゃないですか。

男が欲しくてベタベタしているわけではなくて、案外かわいそうな人なのかもしれない

彼氏いない歴3年の26歳。将来が不安なのです

ちょっと太ってしまって、男性にモテなくなってしまいました。いまが楽しくないという不満ではなく、このままでは将来が不安です。どうしたらいいでしょうか。(26歳・マスコミ)

「ちょっと」というのはどのくらいなんでしょうね。20キロだったら9割方それが原因のような気もするし、2キロだったらべつの理由があるのかもしれない。判断できませんね。

直接リンクしないように聞こえるけど、楽しいことや心休まることがなくて、同じような日々が続いていくと、それが将来への不安につながってしまうというのはわかります。この人も異常ではないし、まともな悩みです。

あえてひとつ言うと、積極的に生きたほうがいいと思いますよ。彼氏がいなくてさみしいし、将来は不安かもしれないけど、「この映画、面白そう」と思ったら観に行

く。「このケーキ、おいしそう」と思ったら買って食べる。あ、ケーキはもっと太るか。花が好きだったら、鎌倉へアジサイでも見に行ってみる。外出して何かを見たり、食べたりするのは、大げさに言えば外の世界に接触するということだから、そこから活力が生まれるものです。ひとりで考えこんで堂々巡りになるよりよほどいい。

「この映画、面白そう」と思いながら、面倒くさくなってしまうことは僕もよくあるけど、行かなかったらその映画の面白さもわからないでしょう。映画館に行けば、0・01％かもしれないけど、誰かに出会うかもしれない。

「ハンカチ落ちましたよ」と言われて、「お茶でもどうですか」ということになって、「映画、どうでした？」なんて話にならないこともない。ポジティブな気持ちは大切だと思います。

外出して何かを見たり、食べたりする。そこから活力が生まれるものです

努力すれば報われるって……。これ、本当でしょうか？

でも、実際社会に出てみると、そうでもない人が成功していたり、努力している人が失敗しているような気がします。（24歳・契約社員）

『13歳のハローワーク』に関する講演会などでも、「競争社会だとか言われる一方で、努力しても報われない社会なのではないか」と、質問されることがあります。それで「あなたの言う『努力』というのは、具体的にはどういうことを指すのか」と聞き返すと、答えられないんです。「『報われる』というのはどういう意味か」と聞いてもそう。「努力する」も「報われる」も、それだけ曖昧な言葉なんです。

「努力する」というのは、与えられた仕事を他人より多くこなすということなのか、長時間働くということなのか、仕事をしながら専門学校に行って資格を取るということなのか。「報われる」というのは、給料が上がることなのか、地位が上がることなのか、みんなからほめられるということなのか。それによって答えはまるで違います。

ちょっと極端な例ですが、毎朝2時間早く起きて近所の公園を掃除するというのも大変な努力でしょう。でも「こんなに努力してるのに、なぜ出世できないんだ」と文句を言われても、困るわけです。そういうミスマッチみたいなものがある。だから「努力すれば報われるのか」と聞かれても、答えようがない。

昔は「努力すれば報われる」という言い方で足りてたような気がします。ちょっと頑張って働けば、少しずつでも給料は上がるし、ある程度は出世もできるというのが見えてたから。いまは会社によっても違うし、雇用形態によっても異なる。その人が何を選ぶかによっても違うわけです。一方に自分が費やす時間や能力、体力などがあって、もう一方にそこから受け取るものがある。せちがらい話ですが、まずは自分にとってのそれぞれの中身を、正確に把握しないといけない。

何だか「努力すれば報われる」と言うと、「信ずる者は救われる」みたいですね。「信ずる者は救われる」のほうが「依存」がはっきりとしているぶん、まだわかりやすいか。

まずは、自分にとっての「努力」と「報われる」を、正確に把握しないといけない

もらえるかわからない年金を、払いたくないんですけど……

週刊誌などでも「年金が破綻する」などという記事をよく見かけます。将来もらえないかもしれないものに、支払い続けなければいけないのでしょうか？（30歳・営業）

たとえばテレビ番組をハードディスクに録画して見ている人が増えているでしょう。これだと途中のコマーシャルを飛ばして見ることが簡単にできます。もしみんながコマーシャルを飛ばして見るようになったら、民放はどうなるんだろう。ひとつの技術で、メディアのあり方が変わってしまう可能性もあるわけです。

いままでの社会のシステムや枠組みが変わってしまう。そう感じている人は多いと思いますが、そのときに、人のいう通りにしていると、悲しい目にあうんじゃないかという雰囲気があるような気がします。お上《かみ》の言うことを聞いていても、ろくなことがない。そう思われているものの代表が年金なのかもしれません。国民年金は6割の人しか払ってないそうですし。

だからといって「払わなくていい」とは言えない。ただ、現在いくら支払っていて、将来いくらもらえるのか。それさえもらえなくなる可能性はどのくらいあるのか、といったことを考えるのは大事です。そのための材料として、週刊誌レベルの情報ではちょっと心もとない。年金問題を扱った新書ぐらいは読んだほうがいいと思います。

もうひとつ大事なのは、いまあなたが国に払ったお金が、何に使われているのか。このことに関してひとつ思うのは、年金にしろ、税金にしろ、「払う」というより、「取られる」という感覚の人が多いのではないかということです。

これにはサラリーマンの所得税の源泉徴収が関係しています。源泉徴収というのは戦争中にできた制度です。要は莫大《ばくだい》な戦費を調達するために、取りやすいところから最初に取ってしまう、というもので、海外にもあまり例がない。それが現在まで続いてきたというわけです。会社員の人は、所得税を天引きされた金額を自分の収入だと思いがちだけど、実際は違うのです。

最初から天引きされることのデメリットは、税金の使い道に鈍感になってしまうことです。「取られる」のが当たり前で、それ以上、税金のことは考えない。自分で「払う」という感覚があれば、近くの公園の整備に使われるならいいけど、遠くの町のダムに使われるのは嫌だ、というふうになってくる。源泉徴収を止めて、全員が申告をするようにすれば、だいぶ意識が変わるんじゃないかと思います。

現在いくら支払って、将来いくらもらえるのか。
それを考えるのは大事です

私は仕事が好きだから一生働きたいのですが……定年まで働ける業界はどこ?

定年まで働ける会社や業界に行きたいと思っています。どういうところがいいと思いますか? 55歳の叔母が再就職に苦労しているのを見ると、年をとってからの就職のむずかしさを痛感します。(20歳・大学生)

これまでは、ひとつの会社に入ってしまえば将来のことを考える必要がなかった。たとえばどうすれば最悪の老後を迎えないですむか、ということも、誰も考えてこなかったわけです。そんなものは、イメージするだけで怖い。だから若い人が、男女に限らずかえって必死になって正社員になろうとする、ということがあるような気がします。

ただ「これからはこういう業界がいいですよ」というのは、たぶんもうない。『13歳のハローワーク』にも書きましたが、少し前はITだと言われていたわけです。たしかにオリジナリティのある技術者は求められているけど、ただコンピュータをいじるのが得意だという人は、不必要になってしまうかもしれない。だから「これからはＩＴ業界ですよ」とは言えません。逆に溶接工のような職人さんは、過去の職業だと思っている人もいますが、建設というものがなくなることはないんです。腕のいい溶接工はいまも求められている。

定年まで働きたいのだったら、必要なのは「定年までいてください」と言われるような能力や技術なのだと思います。どこかの会社に入ったら定年まで働ける、ということではない。

これは正社員の場合だけど、ある程度高い給料を払わなければならない中高年より、とりあえず給料は安くてすみ、体力もあって新しい仕事を覚えられる若い人を採用したいと思うのは自然だと思います。

年をとればとるほど職が見つからないのはどの国でも同じじゃないですか。

実際、55歳になると求人はないかもしれないな。昔は専業主婦が多かったから、労働力の対象として見られてこなかったということもあるだろうし。

ただ、その年齢でも働いている女性はたくさんいます。仕事自体がないわけではない。中高年になっても働きたいと思うなら、それだけの実力をつけておくことです。それは学校で学んだり、仕事をすることで身につくもので、近道みたいなものはないと思います。

必要なのは、「定年までいてください」と言われる能力や技術なのだと思います

本当に好きな人が見つかるか……とても不安です

どうでもいい男はたくさんいるのに、本当に素敵な人がいません。一生に一度くらい本当に好きな男性に出会えるだろうし、そういう人と結婚したいのですが、どうしたら見つかるのでしょうか？　(28歳・広告代理店)

ではこの人が「自分はこういう人が好きだ」という男性というのは、どういう人なんでしょう。たとえばＩＴ企業の社長のようにお金があって、仕事ができて、容姿は木村拓哉みたいな人が素敵だと思っているとすると、そういう人はいないですよ。

昔であれば、一流企業に勤めていて、年収は８００万円ぐらいで、身長１７０㎝以上とか、いろいろ条件のようなものがあったと思うけど、そういう大雑把《おおざっぱ》なカテゴリーでは「素敵な男性」をくることができなくなってきた、ということは言えるかもしれないけど。

自分に合う人、というのも、よく言うけど、それぱっかりは他人にはわからないですね。

2人とも同じ趣味を持っていて、たとえば山歩きが好きだとしても、だからうまくいくかというと、そういう問題でもない。

本当に好きな男性に出会ってそういう人と結婚したいと言われても、それは幻想じゃないですか。

テレビドラマや漫画では、「あ、この人だ」という感じで出会いが描かれているけど、大衆文化というのは、そうしないと観る側がそこに夢を持てないから、そういう描き方をするものです。現実にそんな恋愛や結婚が成立する時代があったかというと疑問です。

僕は行ったことがないけど、合コンというのは5人対5人とかで会うわけでしょう。その中に「あの人、ちょっといいな」というのが男性の中にも女性の中にもいる。あくまで5人の中では、という話なんだけど、だいたい好みというのはそんなものなんじゃないですか。それでつき合っているうちに、良いところも悪いところも見えてきて、でもまあ良いところも結構あるから、というような理由で「こんなものかな」と思いながら結婚したりする。
「これぞ私の理想の人」なんていう出会いは、ほとんどないんじゃないですか。

それは、
幻想じゃないですか

現実の男に興味がないのって、異常なことなの？

オタクと言われるタイプの26歳です。アニメに出てくる男のコは好きなのですが、現実の男には興味がありません。オタクな女性をどう思いますか？（26歳・経理）

べつに異常ではないけど、オタクとは男性だけじゃないいんですね。ひと口にオタクと言っても、その中に逃げこんでひきこもりになる人もいるし、そこからデザイナーやアーティストになる人もいる。だから一般論でオタクをどう思うかと言われても困るんだけど、少なくとも罪を犯すわけではないのだから、悪いとは思わないです。

生身の男と話すのが苦痛だとか、寄ってこられるとジンマシンがでるとか、日常生活が送れないほどの男性恐怖症だというのであれば問題があるけど、そうでなければいいんじゃないですか。

現実の男に失望するのはわかります。20代の男性を見ていると、ほんのごくごく一部に、マネーゲームで成功するような人がいる一方、たいていは就職するだけで四苦八苦している。そういう状態で女のコとつき合って、一緒に映画を見に行ったり、ディズニーランドに行ったりするのは楽しいかもしれないけど、これからふたりでどうやって生きていくのかと考えると、また経済力の問題に戻ってしまう。

経済力だけではなくて、たとえばプライドの持てるような仕事をしていないと、自信がなくなっていって、コミュニケーションがうまくいかなくなる、なんてこともある。

女性からすると、いい人だけど、一緒に暮らしていくことを考えると頼りない、情けないと思うのは自然だろうし、そういうつき合いが何回か続くと、男というものに失望してしまうのは、何となくわかります。

マスコミなどで言われる以上に、若い人は自信を喪失しているような気がします。フリーターやニートと呼ばれる人たちの経済に与える影響という話はでてくるけど、その文化的な影響は大きいと思いますよ。女性雑誌でも、恋愛の特集って、減っている気がする。

恋愛に興味はあるのだと思います。

ただ昔のように、貧しいながらも恋愛をして、結婚をして、最初は共働きだけど、だんだんダンナの給料が上がっていく。最初は6畳ひと間だったのが、子どもが生まれると、ちょっと広いアパートに移って、その子が小学校に入るころには、郊外に家を買う……というような未来はもう描けない。「何年かしたらお庭のある家に引っ越したい」などと言ったら、わがままだと言われるかもしれない。

結局そういう世の中になってしまったということなんだけど、そうなると、恋愛や結婚を考えること自体がつらくなってしまう。

もっとべつの、たとえばおいしいものを食べるとか、旅行に行くとか、資格を取るとか、高いバッグを買うとか、そういうことを考えたいというのも、理解できます。

20代の現実の男に失望してしまうのは、何となくわかります

容姿端麗、恋も仕事も順調、そんな友人を見ると悲しくなる

わたしは美人じゃないし、恋人もいません。それに比べて、友人はすべてを手に入れている人がいるような気がするのは幻想ですか？（25歳・メーカー）

中にはいるかもしれないけど、僕は見たことないよ。仮にいたとしても、たとえば美人というのはどうしようもないでしょう。明日の朝から走り始めてもどうにかなる問題ではない。

美人は幸せそうだから憎たらしいと言われても、それはアドバイスのしようがありません。「いや、人間は見た目じゃないから」と言うのもヘンだしね。

先ほどの心理学の先生が、もうひとついいことを言ってました。

それは「他人が食べてるものはおいしそうに見える」ということです。その実験が面白かった。

まず4つのモデルを出すんです。ひとりは仕事がよくできたのに、結婚をしたら仕事を辞め、子どもを生きがいに生きている山田百恵さん。次が、結婚をしたけれど仕事もすごく好きで、結局離婚をして仕事をバリバリやっている大竹しの子さん。3番

目が松口聖子さんといって、自分は好きに生きると宣言して、結婚もするし仕事もする、ボーイフレンドもたくさんいるという人。最後がアグネスチャン子さんで、子どもを大事にして、男女平等だと言い続けて仕事場に子どもを連れて行ったりする。

それで女子大生のグループに、この4人の中で誰がいちばん嫌いかをあげさせて、さらに議論をしたうえでコンセンサスを見いださせる、というものでした。この「いちばん嫌い」というのがミソなんです。人間というのは表面的な判断で「好き」といったりするけれど、「嫌い」については、自分自身も気がつかない自分が、理由もわからず「嫌い」という場合があるんだ、と。

結局その先生が言うのは、「完璧な人生なんてないんです」ということなんです。だからその中で自分はどういう生き方をするのか、選ばないといけない。最近の若い学者はいい研究をしているなと思いました。

完璧な人生なんてない。その中で自分はどういう生き方をするのか、選ばないといけない

何となく他人と自分を比べると劣っている気がするんです

容姿、お給料、仕事、恋人……。どんなことでも他人のことが気になって、自分と比べてしまいます。そうすると、なんだかすべてにおいて自分は他人よりも劣っているような気がしてくるんです……。（26歳・派遣社員）

ただ、漠然《ばくぜん》と比べているんじゃないかな。「何となくあの人と比べて幸せじゃないような気がする」というときに、あの人の何と、自分の何を比べているのか。まあそんなに厳密に比較をする人はいないだろうけど、その程度のものなんだから、決定的に自分がダメと決めつけるのは良くないんじゃないかな。

5〜6分比較して「プン」とか横向くのはいいけど、比較したことに引きずられる必要はない。

僕は会社勤めをしたことがないから、わからないことがあるんです。最近、小説の取材で市役所の人に取材して話を聞いたのですが、地方公務員というのは1級から9

級までというような、ランクがあるんですね。ただしそのランクが上がっても、給料自体は500円とか千円とか、せいぜいそのくらいしか変わらない。昇給したからといって、飲み屋の女の子にモテるわけでもない。ところが、同期の人間がワンランク上がったけど、今年自分は上がれるだろうかと悩んで、ウツ状態になる人がたくさんいるらしい。市役所から一歩外に出たら、「そんなに嬉しいかねぇ」というようなことじゃないですか。

そこからおしはかると、たとえば同期の女性社員の間で「絶対あの子より私のほうがキレイだ」とか、「そんなに美人だと思わないけど性格はいい」とか思っていたりしても、傍《はた》から見たらどうでもいいことだった、ということもあるんじゃないですか。

比較したことに、引きずられる必要はない

不況や少子化、年金問題などで将来を考えると不安になります

ニュースは暗い話題ばかりで、家庭を持つというイメージがどうしても持てません。少子高齢化とかで、電車の中にお年寄りが多いのを見るだけで、ちょっと暗くなってしまいます。（27歳・接客業）

結婚にポジティブなイメージがないということかな。

原因のひとつはマスコミにあるんじゃないですか。高齢者がはっきりと増えて、かつ彼らは小金を持っている。一方若者はどんどん減っていて、フリーターやらニートやら、まったくお金を持っていない。商売として考えたら、テレビ番組にしても雑誌にしても、高齢者のほうをターゲットにしがちなのは、ある意味ではしかたないのです。ただテレビなどを観ていると、日本人全体がリタイアしてしまったような感じで、「それでは元気がなくなる」と言うのはその通りです。弊害は大きいと思います。僕もあまり年寄りがのことマスコミにでてこないほうがいいとは思う。でもこの流

れを何とかしようと思っても、たぶんムリでしょう。

不安になるのは当然だと思うけど、基本的に日本はそう変わらないですよ。日本社会が急激に良くなることもないし、悪くなることもない。その不安が、誰かによって取り除かれることはないということです。

その不安が、誰かによって取り除かれることはない

スポーツ選手と女子アナの結婚を聞くたびに腹が立ちます

どうしてスポーツ選手は年上の人と結婚するんですか？　それに、彼氏がサッカーばかり観ていて、わたしはちっとも楽しくないときもあって、それもムカつきます。（24歳・営業）

年上と結婚したからって、いいじゃないですか。

スポーツ選手の場合、とくに健康管理とか、プライバシー、メンタルな面での落ち着きとかが必要になります。できれば野球なら野球に打ち込む以外のことすべてをケアして欲しいと考えているんじゃないですか。もちろん年下でもしっかりしている人はいるだろうけど、生きていくうえでの経験が必要ということになると、年上の人が有利なのかもしれない。僕は何となく合理的だと思うけど、やはり心が休まるんじゃないですか。

「彼氏がサッカーばかり観ていて、わたしは楽しくありません」と言うけど、サッカーは女性にとっても楽しいと思うんですけどね。せいぜい1試合2時間だし、観せてやったっていいじゃないですか。でもいまはCSに入っていたりすると、観ようと思えば1日10時間ぐらい観ていられる。それが終わってもサッカー雑誌を読みだす、というのはちょっと問題ですよね。そういうときは「いい加減にしろ」と、言ってやるべきでしょう。

男と女で楽しめるものが一緒だったらちょっと気持ち悪い。少し違うからお互いに相手のことを理解しようという気持ちも生まれる。ふたり揃《そろ》ってサッカーが好きだからうまくいく、というわけでもない。彼氏と趣味が合わないからといってそこで努力を放棄するのはヘンだし、趣味が同じだからといってすぐ結婚してしまうのもおかしいんです。

スポーツ選手が年上と結婚したからっていいじゃないですか

男って、女以上に収入や学歴を気にしますよね

男性週刊誌などでも、会社を給料で格づけしたような記事がすごく多い。それだけ気にしているということでしょうか？　学歴についても、よく話題になりますよね。（27歳・小売）

インターネットの広告でも、「あなたの年収を査定します」というのがあった。中古車みたいですね。やはり気になるんじゃないかな。

いくら「人生はお金じゃない」と言っても、年収300万円と500万円では消費に回せるお金が違うということがはっきりわかってしまった。せちがらいと言えばせちがらい世の中になったわけです。

そういう意味では収入に関するコンプレックスは昔より強くなっているかもしれない。会社がすべてと思っている人ほど、「あんたの会社は給料が安い」と言われるとカチンとくるとか。

ただ、昔のような何が何でも東大が一番というような序列は、もう崩壊していますよね。たとえば東大の文学部と千葉大の医学部を比べて、どちらが高いというのはむずかしいでしょう。

能力主義の時代などと言われながら案外、学部などによって生じる細かい差別化は、昔より進んでいるのかもしれませんね。

僕らの年代でもいますよ。テレビ局でバリバリ仕事をしてるプロデューサーなのに、酔っ払うと「どうせオレは三流大学だから」なんて言い出すのが。でも、だからこそ努力をしてきたということもあるかもしれない。学歴による格差のようなものが急になくなるとも思えないし、なくなればいいというものでもないという気がします。コンプレックスがあるからダメだということではないと思います。

収入に関するコンプレックスは、昔より強くなっているかもしれない

暴力男とか、ダメ男を見抜く方法はありますか？

なぜか、そういう暴力をふるう男ばかりを好きになってしまいます。ダメ男かどうかを、つき合う前から見抜きたいと思うのですが……。（30歳・アパレル）

ダメ男というのがどういう男なのかよくわかりませんが、たとえばドメスティック・バイオレンスを起こす男には、それまでは非常に優しかったのに、結婚の届けを出した瞬間から殴り始める人がいるらしいです。それを見抜くのはとてもむずかしいでしょうね。

それは極端だとしても、性格的に何か問題があるかどうかを調べる方法がひとつあるかもしれません。そういう男というのは、男に人気がないことが多い。だから魅力的な友だちが周囲にいる男というのは、ある程度信用できるのではないか。もちろん友だちの前ではうまくふるまう男もいるから完璧ではないけど、その男のまわりをちょっと見てみる、というのはどうでしょう。

結果的にそういう男性ばかり好きになってしまうというのは、一種の病気なんです。「私がいないとこの人はダメになる」とか「私がこの人を更生させてみせる」とか、無自覚のうちに思っていることが多い。「自分以外にこの人を好きになる人はいないから」というのもある。

暴力をふるうといっても、コンビニに行って肩がぶつかったから殴りかかったとか、そういう乱暴な男ということではないんですよね。社会的にはむしろおとなしい人のほうが多くて、暴力は特定の女性だけに向けられる。それは一種の甘え、依存です。

だから「私がいないとダメになる」というのは大間違いで、「あんたがいるから暴力をふるうんだ」ということが多い。いずれにせよ不健康だから、別れたほうがいいです。

結果的にそういう男性ばかり好きになってしまうというのは、一種の病気なのです

生活力のない、甲斐性なしの男はどうしてそうなっていくのですか？

わたしの周りには、生活力がなかったりして情けない男が増えているような気がします。どうしてそんな男になってしまうのか、疑問です。（32歳・サービス業）

これは１００人いれば１００通りの答えがあるでしょう。生活力というのは、結局のところお金を稼ぐ力ということになるのでしょうが、それは学歴があるとか、大企業に勤めているとかとはちょっと違う。僕は社会のレールからは外れてきたけれども、子どものころから、何かでお金を稼がなければいけないとずっと思ってきました。べつに中卒でも、社会的に恵まれないポジションにいても、何かで食っていかなければならないと思っている人というのは、生活力があるんです。

何かで食っていかなければならないと思うから、いろいろなことに興味を持つようになるし、敏感になる。で、もし結婚をしたら、何とかして家族を養っていかなければならないと考える。自分が稼いだお金で、自分が大事にしている人が喜んでくれると嬉しいと思う。そういう生活力は必要だと思いますよ。

ダメな男というのはいつの時代にもいます。あと、フリーターには生活力がないとか、ニートがすべてそれに当たるとは思わない。ただ、闘争心か向上心といったものをなかなか持てないということはあるかもしれません。高い壁のようなものがあって、最初から「もう自分が活躍できる分野なんてない」と思い込んであきらめてしまう人が多いですね。しかも不景気で実際にチャンスが少ないということがあるから、ある意味で理解はできるんです。それを「情けない」と言って責めるのはちょっと違う。じゃあどうすればいいかと言われても、わからない。何十万人に生活力を植えつけるような解決策はないと思います。

ダメな男というのは、いつの時代にもいます

私の彼氏は「自分探し」をしています……

「自分探し」を言い訳に、仕事も探そうとしません。「自分探し」って何なのでしょうか？　こんな彼氏と今後もつき合っていていいのか、不安です。（33歳・販売員）

仕事を探さないで「自分探し」をしている人というのは、まさに生活力がないのだと思います。

「いかに生きるか」というのは、どの時代でも大きなテーマでしたが、いちばん大きいのは「どうやって生きていくか」「どうやって食べていくか」ということだと思うんです。ハムレットの有名なセリフに「To be, or not to be, that is the question」というのがあって、それが現代人に通じる問題であるかのように受け取られています。でもハムレットというのは王子様だから、働いていない。働く必要もない。フリーターとは違うんです。「自分探し」がいけないということではないんです。僕は単純に、とりあえず自分で自分の生活の面倒が見られるようになってから自分を探せばいいと思うのですが、日本の社会ではいまだに「いかに生きるか」が、価値観やイデオロギーの問題のようになってしまっている。

「自分はお金のために生きたくない」と言う若い人がいます。それもわからないではないんだけど、そうは言っても一応は食っていかなければならないわけでしょう。「お金のために生きたくない」というのも、ハムレット的な「自分探し」をするのも、結局は「何とかして食っていかなければならない」という切実な問題から逃げているだけのような気がします。

本当は「仕事探し」のほうがむずかしいんですよ。就職難もあるし、能力主義の導入や格差の拡大もある。その中で現実に何をして食っていくかという問題を直視するのはすごくつらい。つらいから「自分探し」に逃げたり、働く意欲を失ってしまう、ということではないかと思います。

本当は「仕事探し」のほうがむずかしいのです

日本の男は、ヨン様と比べて下品な気がするけど？

韓国の俳優さんは、インタビューの受け答えの姿を見ても、とても上品。それに比べて周りの日本の男は、どうしてこんなに下品なのか、悲しくなってきます。（35歳・保険会社）

だから誰もペ・ヨンジュンの素顔なんて見たことないでしょう。「ヨン様と比べて」と言ったって、『冬のソナタ』に出ているペ・ヨンジュンなのか、『ホテリアー』に出ているペ・ヨンジュンなのか、コマーシャルに出ているペ・ヨンジュンなのか。冷静に考えればわかりそうなものですが。

でも、インタビューで受け答えしている姿が上品というのはちょっとありますね。僕はドラマは見てないけど、韓国の映画が好きで、とくに南北問題を扱っている作品は結構見ているんです。ＤＶＤだと特典映像として、監督や役者のインタビューがついている。それを見ると、みんな演劇や映画を学んできたインテリだということがよくわかります。日本の場合、誰とは言わないけど、「こいつ、本とか読んだことあるのかな」という人もいるじゃないですか。あえて知性を見せないようにしているのかもしれないけど、知性というのは、べつにむずかしいことを言わなくても、しゃべればわかる。韓国に限らず役者というのはバカではなれないものです。韓国の役者が知性的だというのは、いまの韓国の社会状況が、グローバルに近いということにも通じるかもしれない。

韓国のドラマにある種の力があるというのはわかります。「幸せになりたい」とか「お金持ちになりたい」という気持ちが強くて、それがベースになっているから、リアリティがあるんです。日本の連ドラでそんな男を描いても嘘になってしまう。だからインパクトのあるドラマは作れないんです。現代の韓国の男優と比べても、やっぱり日本のサラリーマンは可哀想ですね。

韓国に限らず、役者というのはバカではなれないものです

自分に比べてテレビで紹介される女性はオシャレで充実してそう

仕事も恋愛でも、充実感を得ることができません。だけど、テレビや雑誌に登場するカリスマ主婦などは、楽しそうで、充実しているように見えて、うらやましく思ってしまいます。（28歳・経理）

仕事と恋愛、どちらにも充実感があるはずだ、と思いこんでいるんじゃないですか。あまりテレビや雑誌にヒョコヒョコでてくる人は信用しないほうがいい。本当にハッピーで充実していたら、べつにでる必要はないですから。これは偏見かもしれないけど、タレントでもないのにテレビにでる人って、すごく変な感じがするんです。

ある意味で自分のプライバシーを売っているわけだから、基本的に寂しい人なんです。そういう人に影響を受けるのはよくないと思う。

どういう生き方をすればいいのかわからない時代だから、「楽しんで生きている人」は需要があるのでしょうが、テレビや雑誌というのは、本当に楽しんでいるかどうかはわからないけど、視聴者や読者がそう思いやすい人をピックアップして出すようなところがあります。不思議な話だけど、「アウトドアライフを楽しんでいる人」ででてくるのは、飯盒《はんごう》でご飯を炊いてトン汁を作る人ではない。パンを焼いてポトフを作る人だったりするんです。

そのオシャレなイメージがどこから来るのか。

ひとつには、「ふつうのおじさん」であるとか、「ふつうのサラリーマン」「ふつうの主婦」というのが、ひどくネガティブな意味になってしまった。

これまでの「ふつう」のイメージが壊れた結果、かっこ悪いものになってしまったんです。

トン汁は「ふつう」だけどポトフはオシャレというのもそういうことで、じつは何の根拠もない。マスコミが無自覚にそういうイメージをふりまいているだけなんです。だいいち、豚のポトフに味噌を入れたらトン汁じゃないですか。

タレントでもないのにテレビや雑誌にヒョコヒョコでてくる人は、信用しないほうがいい

ビビビッとくる相手がいないと、結婚もできないでしょう？

会った瞬間に、「この人だ！」と思える人じゃないと、結婚できない気がするんです。理想を持って待ち続けているのですが……。（27歳・SE）

電流が走るように、その人であればすべてＯＫ、のようなことを男性を見る目の基準にしてしまうと、会う男、会う男、みんな「これは違う」というふうになってしまうんじゃないですか。

たとえばブラッド・ピットを理想にしちゃうと、まず国際結婚しなければならなくなります。

昔、僕の同年代の女性たちにも、海外のスターに憧れる人はいました。スティーブ・マックイーンでもジョン・レノンでもミック・ジャガーでも、好きだという女性はいっぱいいいましたよ。

でもそれが理想だとして、そういう人を現実の社会で探そうとしても、そんなことはとうてい無理だと知りつつ、「ポール・ニューマンっていいわね」などと言っていたような気がします。憧れの対象があるというのと、結婚相手を探すのとまったくべつのチャンネルになっていた。

それはけっして「ポール・ニューマンみたいな男がそのへんにいるわけない」とあきらめていたというわけではなくて、ある意味で鈍感でいられるところがあった。

もちろんいまもブラッド・ピットと結婚できないといって悩んでいる人はいないと思います。ただ「ブラッド・ピットに比べて、なぜ私の彼はこうなんだろう」と思ってしまう。ブラッド・ピットと比較されたら、サラリーマンは可哀想でしょう。

すべてが理想的でなければいけないという、プレッシャーのようなものがあるのかな。

ブラッド・ピットだって私生活はどうなのかわからないですよ。あんなにかっこいいのは映画の中だけかもしれない。

映画の質が変わったということも関係あるかもしれません。それこそマックイーンなんかは、あまりドロドロしたところも見せず、爽やかに出てきて、これが映画という感じで終わっていく。

最近の映画は、グッドガイも悩みをさらけ出すし、バッドガイにも優しい面があったりする。勘違いしやすいのかな、というのがあるかもしれません。

すべてが理想的でなければいけないというプレッシャーがあるサラリーマンは、可哀想です

男にチヤホヤされたくて仕方ない、そんな女を見ているとムカツク

男性から飲みに誘われたり、「かわいいね」「仕事ができるね」と言われ、評価されないと、不機嫌になる女がいます。会議中もいつのまにか自分の自慢話になっていたり……。（29歳・食品）

小学校のクラスで、頭が良くてかわいかったりするとチヤホヤされる、というのは何となくわかります。でも大人になって、とくに会社の中でチヤホヤされるという状態が、どうもイメージできないんです。

仕事への評価が気になるというのはべつにして、だいたい忙しい職場だったら、いちいち「かわいいね」なんて言ってるヒマはないだろうし。

でもそういう人がいると、何が問題なんですか。べつにいいじゃないですか、放っておけば。

会議中に、何を自慢するんだろう。誰かが「みっともないから止めなさい」と言っ

てあげればいいじゃない。

嫌われたいという人はあまりいません。ほとんどの人は無意識のうちにも好かれようとしている。好かれようとしていること自体は、いいことじゃないですか。

好きになってくれと言われても、人間は好きになれないんです。関係ないかもしれないけど、以前観た映画で、別れた奥さんが「あなたはいつもそうやって自分自身から逃げているんだわ」と言うと、元の亭主が「違う、俺はお前から逃げていたんだ」というセリフがありました。

まあそういう女性が周囲にいて非常に不愉快だという悩みなんだろうけど、その人の性格を変えることはできないんだから、放っておくしかありません。

べつにいいじゃないですか、放っておけば

私は30代後半なんだけど男性から見て魅力あるのかな?

20代のころと比べると、男性から声をかけられることが減ってきました。女としての価値が下がっていくようで、不安です。30代後半の女は、もう魅力がないのでしょうか?(38歳・マスコミ)

これは人によってもまったく違うし、ひと口に30代後半と言っても、35歳と39歳ではまた違うような気がします。年収300万円と500万円では可処分所得が違うように、ちょっと違う。やはり39歳のほうが年上という感じがする。結局この人は自分の容色が衰えていくことを心配しているのかな。20代のころに比べると、男性から声をかけられることが減るのは仕方がないでしょう。それとも、もっと声をかけられたいということかな。

そんなことで悩んでいるヒマがあったら、本を読んだり英会話を習ったりしたほうがいいんじゃないですか。

「結婚をしたいのだけれど、30代後半という年齢が障害になるのではないか」という不安があるということだとしたら、べつに気にすることはないんじゃないですか。皇族もその世代で結婚を決める時代になっているし、それはいいことだと思います。

最近は、年下の男の子が年上の女性を好きになって、結婚したりすることが多いじゃないですか。芥川賞の候補作にも、19歳の男の子が39歳の人妻に恋をするという話がありました。そこにはもしかしたら、20歳も年上の女性だったら自分を嫌いにならないだろうというような、男の側のある種の精神の弱体化というのがあるのかもしれません。同世代の女性とつき合うのが面倒だとか、コミュニケーションがとれないという人もいるでしょう。ただ、「捨てる神あれば、拾う神あり」ということなのかもしれないけど、40歳を超えて結婚する人はたくさんいるし、30代後半で魅力的な女性もたくさんいます。僕も、ブスな女子大生よりかわいいおばあちゃんのほうが好きです。

そんなことで悩むヒマがあったら、本を読んだり英会話を習ったりしたほうがいい

最近すごく年上の男性を好きになってしまったんですが、異常なの？

24歳なのですが、養老孟司さんが気になってしかたがありません。年上の男性ばかりを好きになるというのは、何か理由があるのでしょうか？　（24歳・書店員）

いいんじゃないですか。これがウクライナに住む106歳の老人だったりすると、ちょっと異常なのかもしれないけど、養老さんは有名人だからどんな人かわかっているし、『バカの壁』に感動したのかもしれないし。

子ども時代、お父さんとの関係がうまくいかなかった人が、往々にしてファザコンになるというのはあります。逆にきちんとした愛情を受けて育つと、父親のことを好きになりそうなものだけど、そうではなくて卒業する。それで同年齢の若い男とくっつく、というのがふつうです。ただ年上の男性を好きになることは、ふつうではなくても異常ではない。

同年代より少し年上の男のほうがいいという女性は増えているんじゃないですか。

たとえば20代の女性を考えると、どうしても同世代の男性には経済的な裏づけがない。それでも日本経済が右肩上がりの時代であれば、5年後には係長になり、10年後には課長になり、一緒にハッピーになれるという将来像が描けたのですが、現在はそれがない。企業も新人社員から育てていくより、即戦力を求めるようになったと言われますが、女が男を見る目も、「5年後」より即戦力を重視するようになったのかもしれない。だとすると、同世代の男性が頼りなく見えてしまうのは当然です。

年上の男性を好きになることは、ふつうではなくても異常ではない

男ってどうしてすぐに結婚したがるんですか？

子どもを欲しがったり、「男は愛する者がいないと生きていけないんだ」とか言ったりしますよね。本当に男性は愛する者がいないと生きていけないのでしょうか？（31歳・公務員）

「結婚したい男」が増えているということはよく聞きますが、それはなかなか結婚できない男の話です。だから結婚願望が強くなったというより、「結婚できないんじゃないか」という危機感が強くなったのです。いつでも結婚できる男は、結婚すると縛られてしまうわけだから、ふつうは結婚したがらない。できたら結婚しなくてすむように生きるものです。それでも「いい加減にしろよ」と言われたり、女性の親を安心させるという意味で結婚したりする。

子どもが欲しいという男性もいるかもしれないけど、子どもができれば、育てる責任も生じる。もちろん生まれてくればかわいいけど、半分は面倒くさいとか、憂鬱だという気持ちがある。

「男は愛する者がいないと生きていけないんだ」というのはリアリティあるね。でもそれがプロポーズのセリフなら、論理的にはちょっと破綻している。

愛する者がないと生きていけないとしても、「なぜその対象が動物や家族などではなく自分なのか。ほかの女をあたってよ」と言い返されたら終わりなんです。イエスも仏様も『他人を愛せ』と言っているのだから、同じように「俺を愛せ」と言っているわけです。

愛する者や、守らなければいけないと思う者があったほうが安定するということはあるかもしれないけど、なければないで生きていけます。

いつでも結婚できる男は、ふつうは結婚したがらない

彼氏がロリコン画像をパソコンにダウンロードしているんです

※奈良小学生殺人事件のような事件が起きたり、あの容疑者のような男性が増えているような気がします。わたしの彼氏もちょっと不安です……。（29歳・金融関係）

あれだけの悲劇が起きた原因というのは、ひとつではないんです。どこの世界にも、社会的に危険な異常者というのはある比率でいるものです。容疑者がそういう異常者なのか、それとも社会の歪《ゆが》みを反映して異常な行動をとったのか、それは僕にはわからない。アメリカの連続殺人犯などの中には、本当のモンスターがいますが、彼はモンスターなのかというと、そうではないような気もする。不安定なアルバイトを続けていて未来への希望がなかった、という側面もあるだろうし、大人の女性からもてなかった、ということもあるのかもしれない。

もうひとつ、年末に紅白歌合戦を見て思ったんだけど、小学生のような女の子が、露出の多い服を着て歌ったり踊ったりしているでしょう。「中学生だけどちょっとセクシー」であることを売りにして、社会全体もそれをひとりの芸能人として扱っている。露骨な言い方をすると、それを見てマスターベーションしている男が、何万人といるかもしれない。規制しろというわけではないが、そういう風潮を野放しにしておいて、「性犯罪に走るな」と言うのも、ちょっとおかしいという気がします。

一般論として、大人として一対一で女性ときちんとつき合う自信がない男が増えているのは確かです。だから子どもだったら言うことを聞くだろう、というふうになってしまうのかもしれない。ただ、パソコンにロリコンの画像を取り込んでいるから変態かというと、そうではない場合も多い。画像を見ているぐらいだったら、まだいいんじゃないでしょうか。

※２００４年11月に起きた少女誘拐殺人事件。のちに新聞配達員が逮捕された。

パソコンに画像を取り込んでいるから変態、とは限らない

安定している収入とは、それほど魅力のあるものだと思いますか?

民間では通用しなさそうなのに、公務員の友人が「勝ち組」だといって自慢してきます。給料が安定しているから、趣味に生きたりできてけっこう贅沢ができるようなのです……。(30歳・ライター)

背広を無料で作らせたり、歩いて通っているのに通勤手当が出たりするので、嫌われているでしょう。ただすべての公務員がそんな待遇を受けているわけではないし、行政改革をきちんとやっている自治体もあると思いますよ。

ただ公務員に嫉妬する国というのも、情けないと言えば情けない。嫉妬するなら、もっとほかに対象があると思うんだけど。六本木ヒルズに住んでる人たちとか。

自慢するほどすごいことじゃないじゃないですか。市役所を取材したこともあるけど、そんなハッピーそうではなかった。だって市役所の職員では、合コンでモテないでしょう。

ただ、趣味に生きてるような人が多かったりするんです。以前取材で会った人は、草サッカーが好きで、それを続けるために、どうしても5時で終わる仕事に就きたいという理由で公務員になった、と言ってました。仕事自体はつまらなそうだったけど、そういう人生があってもいいとは思うんです。ただ本当は結構大切な仕事なんだから、そんな趣味人間ばかり集まっちゃってどうするんだろう、という気もしますが。

この人は、公務員に個人的に恨みでもあるんですか？　あえて言えばたかが市役所の人なのだから、うらやんだり、逆にいばったりするのは、どうかと思いますよ。

嫉妬するなら、もっとほかに対象があると思います

給料日前に、「お金がない」とまわりの人が言うのを聞いて安心する私

逆に周囲にお金持ちの友人がいると、不安になってくるんです。でも安心してるより、もっと稼げるように努力したほうがいいですよね？　（30歳・印刷会社）

お金がないのは自分だけじゃないんだ、ほかにも自分と同じような人がいるんだと思うとホッとするのは、当たり前じゃないですか。誰だって安心するでしょう。気にすることはありません。

「もっと稼げるように」って、もちろん稼げるのだったら稼ぐにこしたことはないけど、お金を稼ぐというのはそんな簡単じゃない。上司も含めて「お金がない」と言ってるんだったら、お給料も劇的に上がるような会社じゃないのかもしれない。だとすると会社が終わってからバイトをするとか、それこそ水商売とか。方法がないわけではありませんが、そこまでして稼いだほうがいいのか、というのは別問題です。

ただ、お金持ちが周囲にいると不安になるというのが、よくわかりません。うらや

ましいとか、ムカつくとか、自己嫌悪におちいるというのなら、それが正しいか間違っているかはべつにして、気持ちはわかる。でも不安になるというのは、車を運転していて大きな屋敷の前を通ったら、ショックを起こして事故を起こす可能性があるとか、そういうことなのでしょうか。それはまずいんじゃないですか。

この人の周囲にはいなくても、お金持ちというのは世の中にはけっこういるものです。高そうな服を着た人とか、高そうな車に乗ってる人とすれ違って、それを実感するたびにドキドキ、ドキドキするのは精神的にもよくありません。そんなときに不安になるのではなくて、きちんとムカつくことができればいいんですけどね。「いつか見返してやるぞ」というような感情は、いいものではないけど、バネになりそうな感じがしますから。

不安になるというと、部屋のすみでヒザを抱えてるような感じがします。ムカつくにもエネルギーが必要なのでしょう。

金持ちを見て不安になるよりはムカつくことができるようになるといいんですが……

飲み会に3000円払うのがイヤで、会社を休んでしまう私です

実際にお金もないし、「体調が悪い」と理由をつけて、会社自体を休むことも。これって協調性がない行為なんでしょうか。（29歳・金融関係）

知り合いの、非常に優秀で信頼できる金融マンが、会社に就職して何より嫌いだったのが飲み会だったと、言っていました。その人は酒が好きじゃないのに「飲め」と言われたり、ひどい場合は「歌え」と言われたり。いまは会社の飲み会が嫌いだという人は多いと思います。だから逃げられるものだったら、適当ないい訳をして休んでしまえばいいんです。本当は「私は飲み会が嫌いです」と言えればいいんだけど、たしかに協調性がないと思われたら面倒なので、「ちょっと病気で……」というぐらいのズル休みは、いいんじゃないですか。

そういう場が嫌いというのではなくて、お金を払うのが嫌いなんですか。お金があれば参加したい？　参加したいのだったら、何とかして3000円を貯めるしかない

じゃないですか。

たぶん、あまり好きじゃないというのと、お金がないということの両方があって、厳密にわけることができないのだと思います。行ったら行ったで、どんなファッションで行けばいいのか悩むとか、いろいろと人に気を使うことになるとか、上司にお酌をしなければいけないとか、さまざまな理由があるのでしょう。それらをトータルすると、それほど嫌いじゃないけど３０００円を払う価値はないと思っている、ということだと思います。

僕にはよくわからないけど、会社という世界にいると、飲み会も一大事業のようになってしまうから、大変なんですね。だからそんなにかたくなになる必要はないと思います。飲み会をサボり続けてもいいし、もしお金に余裕があるときは行ってみて、2次会参加は「ちょっと母の具合が……」とか言ってキャンセルするのでもいいし。

本当にイヤなら、「病気で……」ぐらいのズル休みは許されるでしょう

「1000円貸して」と言われたら村上龍さんはどうしますか?

同僚にお金を借りて返さない人がいて。お金のさいそくをするには引け目を感じるし……。断るにはどうしたらいいのか……。(29歳・食品)

僕に「1000円貸して」と言ってくる人はあまりいないのでよくわかりませんが、昔、知り合いの外国人が日本に住んで、不動産を借りるときに保証人になったら、そいつが家賃を払わなかったために肩代わりをしたことがあります。以来、そういうことはやめようと思ったのですが、実際にあまりお金を貸したという経験自体がありません。かりに信頼している人が「お金を貸してくれ」と言ってきたら、返ってこないものだと思ってあげるとか、そういうことになるのでしょう。

ただしこの場合は1000円という金額が微妙なんでしょうね。月給が20万円だとすると0・5%。イスラム社会には喜捨《きしゃ》という独特の制度があって、それは収入の2・5%を貧しい人たちに差しだすというものです。この2・5%という数字が、いいところをついているなと感心したことがあります。収入１００万円に対して２万５０００円。だそうと思えばだせる金額であり、かつ貧しい人たちのために自分は何かをしたと実感できる金額でもある。

それに比べて１０００円というのは、たしかに何度も「返して」とは言いづらい金額です。借りるほうも、生活に困って借金をするというより、気軽に頼んでヘタをすると借りたことを忘れてしまうような額かもしれません。これが２万円だったら、貸す側にとっても借りる側にとっても、もう少しヘビーでしょう。

でもこの人は１０００円の貸し借りを苦痛だと思っているわけですよね。「返して」と言えないということより、そもそも貸したくないと思っている。だとしたら貸さなければいいいんです。ケチだと思われるかもしれないけど「悪いけど貸せない」と断る。そこで「しょうがないから、また貸しちゃった」というところからスタートすると、解決のしようがなくなります。

断る勇気を持たないと、一歩も先に進みません。

「貸さない」という決断をしないと何も始まらないのです

ブランドものへの欲求や、お金持ちに勝つ方法を教えて

雑誌を読んでいてブランドものが載っているとすぐに欲しくなってしまいます。高級品をたくさん買えるお金持ちも羨《うらや》ましくてたまりません。（26歳・経理）

もちろん風俗のバイトをしてバッグを買うより、勉強したほうが合理的だ、というのはあるわけですが、それを買うことで気分が晴れたり、生きていく希望のようなものが持てるなら、買ってもいいんじゃないですか。

日本人はちょっと損をしてるなと思います。山手線の車両1台に、ルイ・ヴィトンのバッグが最低5個はあったりするわけでしょう。日本ではそれを持っているのが特別なことではないし、お金持ちだとも思われない。でもたとえばイタリアとかは、ヴィトンとかグッチの鞄を持っているのはおばさんかおばあさんです。若い子が何を持っているかというと、同じような素材を使っているけれど有名ではない地元のメーカーがいくつもあって、その中で気に入ったものを使っている。安くてもメイド・イン・イタリーだから、数千円とかで、結構いいバッグがあるんですよ。利潤が少ないから、日本にはそういうものが輸入されていない。

ブランドものを持ってないと、他人よりも劣っていると感じる人がいるというのは信じられないですね。

個人の時代になったということもあるし、人が経済力で判断されるようになったということもあるから、自分をお金持ちに見せたいというのはわかるんです。だけどいいバッグを持っている人が素晴らしい人生を送っているということはありえない。六本木ヒルズに行って、ブランドものを買って、有名レストランでご飯を食べるのが最高だという人生観でいる限り、結局お金持ちにはかなわないです。

格差があるのは、社会主義じゃないからしょうがないです。ただ格差が子や孫に受け継がれてしまうのは問題です。僕はなんども言っていますが、格差はより露骨になって拡がると思います。それを恨んでグチをこぼしながら生きるのか、『13歳のハローワーク』的に、好きなことに出会って努力していくのか、みたいなことでしょうね。

格差を恨んでグチをこぼしながら生きるのか、好きなことに出会って努力していくのかをまず考えることが大事です

同じように1万円使うなら、何に使えば「自分磨き」に有効ですか?

いい女を目指して自分磨きをしています。男と女はどっちがトクなのでしょう。私は女性のほうが戦略的に自分を磨く必要があると思います。そのとき、本と洋服どっちを買えばいいと思います? (26歳・図書館司書)

男と女を比べて、女がトクだと思ったところで人生が突然有利になるわけじゃないし、男がトクだと判断したところで、たとえ性転換をしても、女が完全に男になれるわけじゃない。あまり意味のない比較です。

社会的な公平性ということで言うと、女性には、昔は選挙権がなかったわけだし、高度成長のころまでは、働ける職場も限られていた。男女雇用機会均等法ができて社会進出が盛んになったのも最近のことです。近年女性が生きるための選択肢が増え、自由を獲得しつつあるということは言えると思います。

選択肢が増えたことによって、「自分を磨く」「自分を高める」みたいなマスコミ用語に、女性の関心が向いているんでしょう。語学を含む質の高い知識、情報や教養を持っている人のほうが有利だという社会常識ができつつあって、それがある種のムードになっています。

知識やスキルや教養を身につけるということなら、必要なのは女性だけじゃないですけどね。

以前にも似たようなことを言った記憶がありますが、そもそも「自分を磨く」って、何なんですかね。毎日お風呂で軽石でからだをこするわけじゃないですよね。この人は「本を買ったほうがいい」と言ってほしいのかな。でも、本を買えばそれで万事OKではないわけです。

まず本は、買ったあとに、読まないと。

たしかに経済的に苦しいなかで買った本というのは、僕も学生のころはそうだったけど、ちゃんと読むことが多いんですけどね。

あと、どんな本を買うかも問題ですね。この人の興味が何にあるのかわからないけど、人間というのは、自分が興味のあるものしかなかなか読めないものです。「いい女になるための本」？　それって何ですか？　きっとプルーストとかドストエフスキーじゃないんでしょうね。

本を買うのはいいことだと思いこむのは、買うだけで満足しがちというリスクがあります。

服が必要なこともありますからね。梅雨時に冬物しか持ってなかったらムレたりするから、本ではなくて夏物の服を買ったほうがいいかもしれない。

欲しい本があったら買えばいいし、服が必要だったら服を買えばいいのではないでしょうか。ただし、手持ちの1万円をどう使うか、というのは決してムダな悩みではないと思います。有効にお金を使うのは合理的な人生の第一歩ですから。

本か洋服かという問題ではなく
有効にお金を使うことが大事なんです

新婚の友人は、共働きでとてもリッチ。結婚できるって勝ち組に見えます

年収３００万円だった友人が結婚し、ダンナの収入と合わせて８００万円に。貯金ができるようになったそうです。独身のまま、年だけとっていくかと思うと不安です。（35歳・サービス業）

便利だからたまに僕もつかうことがありますが、まず「勝ち組」「負け組」という区別は止めたほうがいいです。「勝ち」「負け」という組があって、そこに入るとか、入らないということではなくて、問題はその人個人が人生で成功するかどうか、幸せになるかどうか、ですから。

それをふまえた上で言うと、その友だちは年収５００万円の男性と結婚したから合わせて８００万円になったわけで、ニートと結婚した場合は、２人合わせて３０

0万円になってしまう。いろいろなケースがあるので、いちがいには言えないんです。

合計800万円といっても、ひとりあたりにしたら400万円。300万円だったのが400万円になるのは大きいかもしれないし、だから貯金ができるということなんだろうけど、ラーメンを食べるときも、映画を観るときも2人分かかるわけだから、そんなに差がないとも言える。

単純に収入を足せばトクに見えるかもしれませんが、結婚には実家との折り合いとか、子どもが生まれたらその教育とか、大変なこともあります。結婚した人の良いところばかりを見て自分と比べるのは、合理的なことではありません。

不安だという気持ちはわかります。これから10年後も同じ仕事をして、同じ給料をもらっていたら、進歩してないということだから、ただ年だけとることになってしまう。だらだらと会社に行って、家に帰ってテレビを見て寝るだけだったら、どんどんオバサンになっていくだけです。

でもそうじゃない人だってたくさんいる。30歳から40歳になるまでには10年間という時間があるわけだから、やろうと思えばいろいろなことができます。それが何かは他人に教えられるものではなく、自分で考えないとわからないし、始めることができないんです。

結婚した人の良いところばかりを見て比べるよりも
自分をどう進歩させるか考えたほうがいいでしょう

営業成績が悪い私に、上司が「そんなだから恋人もできない」と

上司は「そんなことでどうする」「給料下げるぞ」から、しまいには容姿のことまで批判してきます。営業の仕事にはやりがいを感じ、辞めたくはないのですが……。(27歳・営業職)

毎日そんなことを言われていたら嫌になるでしょうね。「そんなだから恋人もできないんだ」は、間違いなくパワーハラスメントでしょう。アメリカの会社だったら裁判になると思います。勝てるんじゃないですか。

ただ、現実には日本の中小企業の中で、上司を訴えるというわけにはなかなかいかない。録音テープを隠し持ってたりしたら、それだけで敵対してると思われちゃうだろうし。

順番として一番いいのは、その上司のことはちょっと放っておいて、少しでもいいから営業の成績を上げることじゃないかと思います。

商品やサービスの種類だけ、営業の種類があるとも言われているらしく、どうすれば成績が上がるかも、扱う分野によって違うのでしょう。

ただ、飛び込み営業にしろ、コネクションを使った営業にしろ、ある種のテクニックであるとか、マニュアル化された部分というのはあると思うんです。

それについては営業を扱ったビジネス書の類にも、参考になるものがあるんじゃないですか。営業そのものが嫌いなようではないし、毎日、実践をしてるわけだから、本を読んだり、人に聞くなりして得た知識が、役に立つんじゃないかと思います。

とにかく結果をだして、その上司を黙らせてしまうことです。

もうひとつは気持ちの問題です。

基本的に、容姿のことをどうこういうような叱り方をする上司は、たいしたことのない人間です。

営業の現場にいる人をやる気にさせるのが本来の仕事なのに、逆効果になることをしてるのだから、マネージャーとしてもまるでたいしたことがない。

だから「たいしたことのない人間が、そんなことを言ってる」と思うことが、結構、大事なんじゃないでしょうか。むずかしいかもしれないけど、「バカがまた何か言ってる」と思うことです。

あと、そういうときに、「バカだよね」とグチをこぼせる友だちがいると、ずいぶんラクになるはずです。

まずその上司はたいした人間じゃない。
営業成績を上げれば、何も言えなくなるはず

派遣社員として、ルーティンワークをしていると不安になってきます……

仕事は一日中データ入力という単純作業。職場にひとりだけいる女性の正社員はイキイキ働いてるけど、派遣社員たちは「小さな幸せ」に満足してるだけのような気がして……。（25歳・派遣社員）

基本的に、日々データ入力をするという仕事に満足していないというのは、向上心がある証拠だから、とりあえずそれはいいことだと思います。そこまではいいのですが、その後の、正社員と一群の派遣社員とを比べて、正社員は何となく充実してるように見えるけど、派遣は単純労働で満足してるように見えるというのは、そんなにすぐ決めつけていいのかと思います。早合点なんじゃないですか。

僕はやったことがないけど、データ入力というのは単純な作業なんでしょう。それを嬉々としてやるのもヘンなのかもしれないけど、とくに入った当初は、まずそういう単純な仕事がきちんとできるかということも、たぶん評価の対象として見られているような気がします。

たしかに「単純すぎる」という気持ちもわかるのですが、「こういう単純作業はつまらない」と言うときに、一番かっこいいのは、その仕事を完璧にやってから言うことです。まったくミスがなく、他人よりも2時間早く終わらせてから言うのはわかる。でも間違いだらけで、他人より仕事の遅い人が「つまんない」と言っても、話になりません。

派遣社員をひとくくりにしてますが、ほかの人のことはどうでもいいじゃないですか。ひょっとしたらそうやって働きながら、夜は法科大学院に行って司法試験の勉強をしてる人がいるかもしれないし。いないかもしれないけど。この人が何をもって「小さな幸せ」と言っているのか、わからない。それでどうすればいいのかと言われても、武器をもって給湯室にたてこもるとか、そういうことじゃないでしょう。

この人は現状に不満があるのでしょうが、結局、何が嫌で、何を改善したいのかがわからないみたいですね。自分自身や自分がいまいる環境を向上させようと思っても、どこが嫌なのか、どこを変えたいのかをはっきりさせない限り、無理だと思いますよ。

自分を向上させるためにはいま何が嫌で、何を改善したいのかわからないとダメなんです

月曜日に会社に行くのがおっくうです。どう気持ちを切りかえたらいい？

会社に行くのがイヤになることがあります。村上さんは仕事がイヤになることはありますか？　そんなときはどうしますか？（29歳・一般事務）

僕は小説を書くのがイヤになることはありません。疲れているときなどに、面倒だなと思うことぐらいはありますが。

僕は睡眠時間をしっかりととらないとダメなほうで、寝不足だとすごく不愉快になるんです。「眠い、もっと寝たい、でも起きなきゃ」というときは、もう人生が暗黒のように思えてしまうんです。

ただ最近、気がついたんですが、「あと2時間寝たい。絶対もっと寝ていたい」と、絶望感にさいなまれても、そういう暗い精神状態が一日中続くわけじゃないということですね。ひどい二日酔いとか、そういう場合をのぞけば、まぁゆっくりと、だんだんからだが目覚めていって、意外に何とか仕事もこなせるし、回復するものなんだと、

50代半ばにしてやっとわかってきた。

「月曜の朝、会社に行きたくない」、それは、誰にでもあることではないでしょうか。まったくそういうことがない人のほうが異常で怖いかもしれない。

『カンブリア宮殿』に登場する起業家の中には、とにかく仕事をしたくてしたくてしょうがなくて、朝一番にとび起きるというような人がいましたが、例外だと思います。

問題は「イヤになる」程度ですね。高熱がでたり、おなかがすごく痛かったり、めまいがしたり、血圧が急上昇や急下降したり、鼻血が止まらないなどの「症状」があるのだったら、休んだほうがいいです。

それから、日を追うごとに行くのがイヤになっていって朝ベッドから起きあがれないというのは、これも「症状」なので、医者に行くか、セラピーに行くか、対処しないといけないでしょう。

それほどではなくて、朝起きたときはイヤでイヤでしょうがなかったけど、駅まで歩いたり、電車に乗ったり、同僚とお茶を飲んで話したりしているうちに、いつのまにかまた、いつものペースに戻っているというのであれば、たいていの場合、だいじょうぶなんだと思いますけどね。

朝起きたときはイヤであっても1日を過ごすうちに気分が晴れるということもあるはずですよ

村上龍さんから見て、良い経営者、ダメな経営者って、どんな人？

嫌な経営者の下で働きたくありません。就職の面接の際、良い会社かどうかの参考にしたいので教えてください。（27歳・求職中）

そんなに会社を選べる立場なのかどうかがわかりませんが、最近は就職状況もだいぶ売り手市場に変わってきているみたいですね。入ったら入ったで、大変なのは変わらないと思いますが。

『カンブリア宮殿』のゲストの話を聞いていると、一般論としては、良い経営者の条件というのがいくつかあるようです。たとえば現場によく行く人。製造業でもサービス業でも、優れた経営者は、とにかくしょっちゅう工場や売り場に顔を出して、現場がどうなっているかを見ています。あとは社員とのコミュニケーションを大切にする人。これも良い経営者の条件と言っていいでしょう。

ただ、たぶんこの人が知りたいのは、面接を受けるのが良い会社かどうかなんだと思います。でも経営者がいいから、その会社が圧倒的に良い会社かというと、そういうものでもありません。また良い会社というのが、その人にとって働きやすい会社なのかどうかもわからない。そもそも面接でちょっと見るぐらいでは、良い経営者かどうかなど、なかなか見分けがつかないと思います。

そういえば産業再生機構の人が、良い会社かダメな会社かを、外から見分けるポイントをあげていました。掃除が行き届いていて、きちんと整頓されているところや、役員室などがなくて社員が自由に行き来しているのは良い会社だと言っていました。逆に、外部の人が入ってきたときに反応の無い会社や、役員フロアにふかふかの絨毯が敷きつめてあるような会社、あと社長の銅像が飾ってある会社は、あぶないらしいです。

社長を見て「ここが良い会社かどうか探ってやろう」と考えている暇があったら、まずその面接で受かるように努力をしたほうがいいんじゃないでしょうか。

良い経営者だから、働きやすい会社だというわけではないのです

結婚できる人は仕事を辞められていいですね

仕事が苦痛で早く辞めたいのですが、親は「結婚するまで許さない」と言います。結婚して仕事をする必要がない人はいいなと思うのは、甘いですか？（29歳・公務員）

親がダメだと言うから、結婚する相手も恋人もいないので、いまの仕事を辞められない、と考えているわけですか。何かヘンな質問なんだけど、どこがおかしいんだろう。

この人は、仕事を辞めたいのか、それとも結婚をしたいのか、ふたつにひとつと言われたら、どっちなんでしょうね。ふたつが不明瞭に重なり合っているのかもしれませんが、結婚した後もずっと仕事を続ける人もいるのだから、質問の意図がわかりにくいです。もちろん、結婚後に仕事を辞めたいのだとしたら、経済的に余裕があるなら何の問題もないし、とくに子どもが生まれたら、専業主婦のほうがいいという考え方の人もいます。

ただ、仕事は、辞めようと思えば次の日にでも辞められるけど、結婚したいと思っても、次の日に結婚することはできません。仕事を辞めるのはある意味で簡単だから、結婚相手を探すのが先決なんでしょうね。だから、結婚したいのだと自覚して、それを頭の片隅に置いて、出会いに敏感になりながら生きていくことですね、みたいな回答になってしまいますね。

でも、この人に「要するに結婚したいってことですよね？」と聞いたら、どうなんだろう。ひょっとしたら自分でも何をしたいのか、わかってないような気もします。自分がいま置かれた状況が何となく気に入らないだけかもしれない。「いま自分は何をしたいのか」がわかっていない人は、決断の基準がないので、あれも嫌、これも嫌と、なってしまいがちなんですが、きっとそういう人は多いんでしょう。

だから必要なのは、「何をしたいのか」ということを、まず自分で確認することかもしれない。自分の希望と状況をきちんと把握しないと一歩を踏みだすのがむずかしいと思います。結婚したいけど相手が見つからない、という悩みなら、もっと具体的な答えがあるかも。「何をしたいのか」わからないという人はとても多い気がするんですが、そういう状態でただ年だけをとっていくというのは、かなりやばいです。あまり誰も言いませんけど。

「自分が何をしたいのか」わからずにこのまま年だけとるのは危険です

恋愛してないと死ぬほどさみしい。どうしても耐えられません……

同棲していた恋人と別れました。死ぬほどさみしくて、ひとりで生きていくことに耐えられそうにありません。さみしくならない方法はありますか。(28歳・出版)

まずさみしいとか、孤独であるという感情は、動物にはないでしょう。そういう感情が起こるメカニズムは簡単ではないみたいです。馬なんかを見ていると、生まれてからすぐに立ち上がって走り始めますが、人間の場合は、放っておかれたら死んでしまうような、不完全な状態で生まれてくる。一人前になるのに20年もかかったりする。

最初の半年ぐらいは歩けもしないし、お母さんに抱かれているわけですが、やがてハイハイができるようになり、歩けるようになると、母親から離れていく。このとき赤ちゃんには、すごい喪失感があるそうです。そのことと関係があるのかもしれません。

ただ、人間が生きていくためにはこの喪失感が必要で、それがわからないとなかなかひとりで生きていくのがむずかしい、と言う心理学者もいます。要するに子どもはそこで、「この世の中というのは思い通りにいかないものだ」ということを、身をもって学ぶわけです。そのことをきちんと学んでいないと、たとえばストーカーになったりすることがある。何でも思い通りになると思っているのですから。自分が好きになった人から嫌われることもあるし、人間関係がうまくいかなくなることもあるというのを理解しないと、「あの女はおれのことを嫌っているけれど、本当は好きに決まっている」というふうになってしまう。

誰かと一緒に住まないで、ひとりで生きていくことはだいたいみんな耐えているじゃないですか。本当に耐えられない人は、身体的に病気になったり、精神的におかしくなってしまったりする。この人も含めて、多くの人は「耐えられない」と言いながら耐えているわけだから、アドバイスのしようがありません。

さみしくならない方法は、あります。

さみしくならないように、世の中のすべてのものがあるんです。映画を観ている間ぐらいはさみしいとは思わない。だから映画館がある。泳いでいる間はさみしいと思わないよね。だからプールがある。本もペットもテレビも家庭菜園も、みんなそう。ＮＧＯで紛争地域に入ったら、さみしいもへったくれもなくなります。「もうさみしくておかしくなりそうだ」というような感情を中和するためにすべてがあるのだから、それを利用すればいい。

さみしいという感情自体は、不自然なことではないんです。

でも、みんな「耐えられない」とか言いながら耐えてるじゃないですか

ドラマのような幸せな結婚をしたいんです。どうすればできますか？

周りの友達がどんどん結婚していき、母親にもせかされます。つき合っている彼氏はいないのですが、私の夢はドラマのような幸せな結婚をすることです。どうすればいいですか？（29歳・契約社員）

たとえば人間の形をしたアンドロイドがいて、顔も自由に変えられる、チップひとつで性格も頭の良さも自由自在になるとしたら、どんな人と結婚したいか考えてみれば簡単です。心も自由になると仮定して、「国連のアナン事務総長みたいな人」とか、「長嶋茂雄みたいな人」とか、それらを足したような人とか、何とでもなる。

でもそれだとたぶん飽きてしまうような気がしませんか。反応が最初からわかっている人なんて面白くないでしょう。男もそうです。顔はこういう感じで、プロポーションは上から87、58、95とか、性格的には余計な文句は言わないなどと女性像をつくっていっても、面白くもなんともない。不満があったり、行き違いからちょっとした口喧嘩になったり、「この人の言ってること、わからない」と思ったりするのも、一種のコミュニケーションだから。

こうやって説明していくと、たぶんたいていの人はわかってくれるのに、それでもあえて「理想」を持ち出すのはなぜか。「理想の結婚」なんて、つい30、40年ぐらい前までは言わなかった。だって結婚するためにアルゼンチンまで行ったりしていたわけだから。もちろんそのほうがいいと言うわけではありませんが。

ただし「理想の結婚」には、コマーシャリズムの影響が大きいというのはあります。住宅や鍋物のツユのコマーシャルには、15秒だけ楽しく笑っている家族が出てくる。先端的な仕事をしているお父さんと、いちおう教養がありそうなお母さん、私立の幼稚園に行ってそうな子どもがいて、何が楽しいのかみんな笑っている。それに何となく憧れてしまう。

こういうコマーシャルが始まったのは50年代のアメリカで、コカ・コーラが最初の商品だった。実際に政府も推奨したアメリカン・スタイルの幸せというのが定番としてあって、それは有色人種があまり入ってこないような郊外の一軒家に住み、そこには芝生とテレビと車があって、子どもが2、3人いる、という生活。

問題は、ああいうのを見ていると「楽しまなければいけない」と思うようになることです。コマーシャルやドラマに代表されるような、社会と世間が提供する「幸せ」や「理想」というモデルには、惑わされないほうがいい。

たぶんみんなの中には、自分よりハッピーに生きている人がいるんじゃないかという強迫観念のようなものがあると思う。実際そういう人はたぶんいるのだろうけど、別に他人のことだから、いいんじゃないかと思うんだけど。

社会と世間が提供する「幸せ」や「理想」。
そんなものは、幻想にすぎない

解説

蝶々

村上さんには、正しい肉食系男子のにおいがする。

去勢されて薄くなった草食系男子だらけの今の日本で、ほとんど天然記念物の域に入る貴重な種族だと思います。

もちろん私は、メディアを通しての村上さんしか知らないけれど（短編小説や消耗品シリーズが好き♡）、作品や活動、その言動からも〈言い訳しないで自分で動く〉〈フェアであることを大切にする〉〈リスクをとった上で、楽しんだり勝負する〉〈強く美しいものをたたえ、弱く醜いものに厳しい〉、そういう美学とエネルギーを感じます。

そんな男性は、マスメディアはもちろん、一般市場でもほぼ絶滅種らしく、めっきり見かけなくなった。いても、大衆がめんどくさいかソンだからか、めったに表には出てこないか、出てきても〝本当のことは黙ってる〟か、海外に出ていっちゃう。

だから、肉食系男子なのに、それでもこの日本で、みんなに働きかけてる村上さんをお見かけすると、私はつい〝じーッ〟っと見てしまう。がんばって、という気持ちもあるし、なんか心配……、というファン心理もあるし。

——というわけで、基本的には、私は村上さんが好きなんです。

そして、このことをわざわざ冒頭にもってきたのは、もちろん、このあとの解説で怒られないようにです♡

さて、本書『「わたしは甘えているのでしょうか？」（27歳・OL）』。

手にとって、わたしが真っ先に思ったこと。

（ちょっとー、女性から〝甘え〟をとったら何が残るっていうの？）。

それは、男性から〝スケベ心〟を取り上げるのに等しい、ほとんどイジメに近い無理難題の気がします。

弱い人々がサバイバルするための〈婚活〉ははやっても、少なくとも〈恋愛〉は生まれなくなる気がする。小説や芸術、やわらかいもの、美しいものへの需要も減る。そして、世界が暗く、悲しく、殺伐としてしまう……。

――でも、現実、そういう時代。

冒頭で村上さんも書いている。「日本社会が成熟したことによって経済的格差が発見され、唐突に姿を現したのだ。しかも、経済力以外にどういう価値観があるのか、経済的に恵まれない人はどう生きればいいのかを社会は示そうとしていない。」

……それはそう。わたし自身、日本にいるとものすごい閉塞感があるし、ニコニコ機嫌良く好きに生きてるだけで〝魔女狩り〟にでもあいそうなくらいの、人々の鬱屈ややりきれなさを感じることがある。特に東京。満員電車のオジサンたちだけじゃなく、女の人たちまでコワモテ化がすすんでいる気がして、本当に悲しくなる……。

ため息をつきつつ読みすすめる。

む「悩みやトラブルへの対処は、まず現実を直視することから始まる。」

……まったくそう。

でもね、村上さん。

年間1000人近くの読者に生対面してお話をうかがったり、毎日のように寄せられるお悩み相談を読んでいると……ディープに悩んでる人ほど、現実（自分）を直視したくないみたいなんですが。頑張ったり問題と向き合う前に、とりあえず傷ついたり弱っちゃってるので、優しくしたり励ましてほしいんだと思うんですが……。

む「最初の一歩を踏み出すためには、もっとも深いところで自分自身を肯定することが必要だ。」

……あ、ここは全面賛成。

私もいつも読者にそれを伝えてる、つもり。

む「そういった過程では、『元気に頑張る』よりも『とりあえず生き抜く』という価値観がより重要になるのではないかと思う。」

……うーん。

ともかく本書は、〈悩める普通の女の子たちが、この現代をなんとかサバイバルするための、現実的な方法論を教えてくれる本〉なのだ、ということはわかる。

でも、私はすでにここで動悸《どうき》・息切れMAX。

（む、む、村上さん。悩める女子がこれ読んだら、よけい落ち込んじゃうんじゃないの!?）と。

読んでみて、不安は的中。

全回答も―、ハラハラ・ドキドキ、下手な小説やドラマより、手に汗を握りました（笑）。誤解なきよう言いますが、本書はもちろん、現代女性のための優れたお悩み回答集だと思います。

第一に、村上さんのおっしゃるところの「バカバカしくも切実な悩み」に対して、村上さんが、ひとつひとつ向き合って、親切に答えてくださってるということがすごい。

そして、すべてのアドバイスが、実にシンプルで明快で合理的で役立ちそう。鋭い知性と豊かなご経験&教養をもち、常に現実的である村上さんならでは、というかんじ。

でも……。

おそらく、これを読んだ女性読者の皆さんの半数以上は、読後、青ざめているか、未来への漠然とした不安の理由が、あまりにくっきり・はっきりして、憂鬱になったり恐怖心に襲われているか、もしくは、(何よ、この村上龍って顔の濃いおじさんはっ！）と、半ば逆ギレ気味に、腹を立てているのではないでしょうか。

だって、本当に悩んでいて、内臓まで弱っちゃってる女の子には、この肉食系サバイバル価値観バリバリ回答は、こたえるし消化しきれるか心配。


うーん、ホント困るなこの解説。


で、冒頭に戻るわけですが。

個人としてのわたしは、村上さんタイプの肉食系男子が断然好きだし、おっしゃることは正しくまた有益だと思う。

でも、大人になって、生身の女子たちの苦しみに触れ、それを知った私は、女の子の悩みって、いくつであってもキャリアであっても、たとえ立派な医師で世間でいうあっても新聞記者であっても、(ただ聞いて、うんうんっていってほしいだけ)ってところ、本当にあると思うんです。

だから、どうしても「村上さーん。そんなバサッといかずに、もうちょっとこう、優しくしてよ?」と思ってしまう。

でも、私たちの生きている現実が、そんな悠長なこと言ってる場合じゃないってこともわかる。

だから、話と心がまとまりません。わたしは甘えているのでしょうか? 解説になってるのかしらこれ。

ただ、少なくとも私自身は、本書を読んで(キャー、私もやることとやっとこ!)と初めての小説の結末をいっきに200P書いてしまいました、1週間で。カリフォルニアで甲羅干しして遊んでたんですが。なので、効き目は確かです。

読者のみなさまも……(ひっどーい、村上さん)という責任転嫁にエネルギーを向けず、本書をどうぞ、あなたの現実と未来に建設的にお役立てください。

今の日本には、本当のことを、自己責任ではっきり言ってくれる男の人なんて、ほとんどいません。みんな、うるさくなった一般人や女たちの顔色を見て、おとなしく生きてるか、自分のことでいっぱいいっぱい。

そういう意味でも、このお悩み相談が貴重であることも、確かだと思います。

でもね、やっぱり村上さん。

今度、女性にアドバイスするときは、もうちょっとだけ、同調したり、それもわかるよ、と愛の合の手も挟んであげてくださいね♡

サンフランシスコより、蝶々

――作家・エッセイスト

この作品は二〇〇六年九月青春出版社より刊行された『「わたしは甘えているのでしょうか?」〈27歳・OL〉』と、二〇〇八年三月小社より刊行された『それでもわたしは、恋がしたい　幸福になりたい　お金も欲しい』をもとに再構成しました。

「わたしは甘《あま》えているのでしょうか？」（27歳《さい》・OL）

村上龍《むらかみりゅう》

平成21年4月10日　初版発行

発行者——見城徹
発行所——株式会社幻冬舎
〒151-0051東京都渋谷区千駄ヶ谷4-9-7
電話　03(5411)6222(営業)
　　　03(5411)6211(編集)
振替00120-8-767643
印刷・製本—中央精版印刷株式会社
装丁者——高橋雅之

幻冬舎文庫

ISBN978-4-344-41296-5　C0195　む-1-29